新井 一二三

あらい ひふみ

媽媽其實是皇后的毒蘋果？

新井一二三

逃出

母語的陰影

序

母語啊，母語

我的母語是日語。我對它感情複雜，正如對母國，正如對母親。幸虧，中文和英文幫我逃出了日語的桎梏。

世上有很多人曾被剝奪過母語，那肯定是特別痛苦的經驗。他們對於母語曾被剝奪，因而加倍愛惜。他們的苦難和我的桎梏，其實來自同一個源頭：在百獸之中，只有人類擁有語言，而只要是人類，都有能力學習語言。因此，語言才會成為統治者的工具，在帝國之內，在家庭之內。

每個人都有母語，是小時候在家，以母親為主的家人，通過日常生活教會我們的語言。正如小孩子不能選擇父親、母親，我們也不能選擇自己的母語。

一般小孩子到了兩歲就會操簡單的會話了。媽媽、爸爸、奶奶……孤立的單詞很快就發展成由兩語、三語組成的句子，如：尿尿、我不要……到這兒，無論是哪裡的小孩都走同樣的道路。然後他們說話的內容，開始受所屬文化的影響了。

吃飯以前，日本小朋友要說：「いただきます。」天主教徒、基督教徒的小朋友則要向主祈禱。那些小孩子都已經聽過家人講，為什麼要說「いただきます」，為什麼要祈禱。可見他們從小小的年紀開始就擁有不同的禮節、不同的世界觀。

每一種語言都很獨特，彼此不一樣。除了文法、發音不同以外，還有語言背後的世界觀、價值觀，也就是文化不一樣。可以說，日本文化宿在日語裡。日本人之所以是日本人，因為他們講日語。在亞非國家當中，沒受過殖民統治，始終保得住母語，能全用母語讀書到大學畢業，可以說是日本人的幸運。即使在太平洋戰爭後由同盟軍占領的日子裡，美國總司令部採用的是間接統治的方法，沒影響到廣大日本人的語言生活。沒遭到外來語言的侵略，日本文化之獨立也方能保持下來。這跟猶太文化在多語言、多文化的環境裡追求生存，是截然不同的情況。猶太人之所以能夠分散在不同的國家而長時間保持獨特的文化，是因為他們有希伯來文、舊約聖經和猶太教。他們講著居住地的語言，努力把傳統宗教傳承下來，不停地鞏固猶太人的自我認同。

我在單一語言、單一文化的日本長大。雖然沒嘗過被剝奪母語的苦楚，但是飽嘗了單一語言、單一文化的封閉和不自由。我說對母語感情複雜，實際上就等於說：我對母國日本的文化愛憎參半。小時候，我對自己的生活環境懷著說不清楚的不滿。我的日子好比被陰影罩住，總有要窒息的感覺，難怪心情總是不暢快。當時，我在外國的兒童文學作品如安徒生童話裡，或者在電視上的旅行節目裡，發現了陽光的所在。有美的地方，必定明亮。能夠自由自在地呼吸，心情才會暢快。我發覺：那些幸福的人們，似乎都在講外語。對我來說，尋找自由、追求美，和閱讀、旅行、學外語，向來是分不開的。

上中學以後，我學起英文，上大學後，更學起中文，生活環境越來越大，思想空間也越來越大。最初，我的腦海跟日本海一樣小，後來逐漸擴大到大西洋、太平洋那麼大，同時也具備了俯瞰的視野，好比從高空的衛星看地球似的。我覺得很幸運，年輕時能夠出國，在海外各地漂泊十餘年之久，雖然當時的心情更接近自我放逐。我後來體會到了，外國的月亮並不圓，隔壁的草坪也並不綠，人間沒有西方淨土。那些講著外語的人們，其實也不一定很幸福。他們說的「great!」其實是「還好啦」的意思。他們說的「I love you」其實是「吃飯吧」的意思。夏目漱石早就說過：「I love you翻成『看月亮去吧』比較合適。」然而，人生沒有白上的課，人生也沒有白去的旅行，連幻滅都有幻滅的好處：我回家的心理障礙就低了。

幸福的生活環境是要自己創造的；自由的思想空間是要在自己的腦子裡建設

的。走出了單一語言的環境以後，才會發現世界上其實還有不一樣的生活方式、不一樣的文化、不一樣的世界觀，而且有很多種。常有人問我：

「在海外漂泊多年後，回日本定居，習慣嗎？」

別人是看不到的，但是在我腦海裡，有太平洋，也有大西洋。耳邊常聽到澎湃洶湧的波濤聲音。我忘了打從什麼時候開始，一直覺得母國日本其實只是世界的一個角落，母語日語其實只是世上眾多語言之一。

第三章 • 龜有五丁目的姥姥

第四章 • 沼袋一丁目滄海桑田

第五章

孝子的獎牌

第六章

三語人之路

第一章

逃出母語的陰影

白雪公主繼母般的母親不僅屬於我孩提的記憶庫裡，

而且是永恆的存在。

或者說，我變了，但是她沒有變，

仍然隨時都會發動攻擊。

「以中文書寫，是為了擁有更廣大、能夠更自由地呼吸的空間；到外地生活，是為了逃避母親，尋找更自由的空間。」——新井一二三

打開中文的維基百科，就能看到不知道是哪裡的什麼人幫我引用的一句話，取自我在台灣出版的第一本書《心井・新井》。

那是一九九八年的事情。當時我三十六歲，早一年，剛結束了長達十二年的海外漂泊。在我回到家鄉東京，開始經營小家庭的日子裡，首先應台灣《中國時報》之邀，在「人間副刊」上，每星期作為「三少四壯集」之一定期跟眾讀者見面的文章，後來集結成書。轉眼之間，整整二十年過去了。今天，從書架上拿下來稍微發黃的《心井・新井》，翻開看一看，果然開頭第三篇題為〈陰影〉的文章裡，不僅有前面引用的那句話，文末還寫道：「為了逃避陰影而開始寫文章，我總有一天要寫那陰影本身。」

我經常驚訝地發現：讀者的記性比作者好。過去二十年裡，有幾次，我被讀者問到：

「妳寫了〈陰影〉沒有？什麼時候要寫？」

每次我都回答說：

「還沒呢。到了適當的時候再說吧。」

這些年，在日本文壇上，有一類型作品忽然間成了氣候。那是所謂的「毒母文學」。例如，佐野洋子的《靜子》（二〇〇八年）、村山由佳的《放蕩記》（二〇一一年）、水村美苗的《母親的遺產》（二〇一二年）、姬野薰子的《昭和之犬》（二〇一三年）、《謎樣的毒親》（二〇一五年）等等，都是作者的母親離開了人間或者失去了理智以後，當作家的女兒才拿起筆桿寫出來的。那容易理解。一方面，母親不在了，女兒才得以解放；另一方面，事情結束以後，從頭講起故事來比較方便。我的處境跟她們不同；我早就選擇用母親看不懂的外語寫作。至今沒寫〈陰影〉，不是因為不要她看到，而是因為自己的信心不夠。然而，這些年，日本人的平均壽命越來越長，如今女性平均已超過了八十七歲。看我母親今天的身體狀況，很可能要活到一百歲。那個時候，我都是七十多歲的人了。我實在不願意等那麼久。

尋找美來擺脫陰影

我曾經以為自己是家裡的黑羊，所以非得離家出走，離鄉背井不可。否則的話，我也不會從二十幾到三十幾，總共十二年那麼長時間，一個人漂泊於海外，而且在那段時間裡，總共搬家十二次之多。可是，今天在母親的五個孩子當中，我的處境不比別人差。原因很清楚：我成功地抵達了在精神上和生活上，都離母親最遠的地方，而為了達到這樣一個境地，空間上的以及時間上的距離起了很大的作用。這並不是說，離家出走多少年就自動能夠獨立於母親，就自動能夠獲得自由。正如，並不是在海外待了多久就自動學會外語一樣。還沒出走之前，我從小就慢慢培養了閱讀和獨立思考的習慣，以便能夠從獨立的角度看問題、看世界；否則的話，根本不能走出去。

還有「美」。我小時候的生活中徹底欠缺「美」。幸好，我在書本裡發現了它。曾有很長一段時間，我在書本裡尋找井然有序的邏輯性、異想天開的想像力，這是保持理智不讓自己發瘋的唯一手段。邏輯性和想像力在人的思維空間裡代表兩種不同方向的「美」。好比是冬天和夏天、北方和南方、寒色和暖色。後來，我想要到現實中去尋找「美」。有「美」的地方，必定很明亮，也就是跟當年罩住我生命的陰影正好相反。「美」代表積極、正面的世界觀。「美」也會有力地啟動生命的良性循環。所以，我一定要向明亮的方向走。

為了擺脫困住了我多年的陰影，我必須把從小到二十歲受的委屈，滿肚子的苦楚，首先在自己的腦子裡，然後向第三者，敘述幾遍吐個乾淨。唉，那個過程真的不容易，因為非得想起來，並且去面對過去很痛苦的經驗，猶如抓傷吧。同時，我也得挑戰牢固的文化規範：孝順至上。我要講的故事，情節是一早就很清楚的：一九六〇、七〇年代，在日本東京都新宿區柏木五丁目的木造平房裡，在母親、哥哥和我三個人之間日復一日上演的家庭悲喜劇；每天很晚才回家的父親只是配角，至於後來接踵而來的兩個弟弟和一個妹妹則算是群眾演員。剛開始的時候，我根本沒預料到，終於講完這一則故事之前，竟需要跑到遙遠的異邦去漂泊很多年，並且用外語跟當地諮商心理師有償面談超過一百個小時，才算告一段落。但那也還是「一段落」而已，因為光是用外語講述了一遍，還是遠遠不能「從此幸福地生活下去」。

痛苦回憶被快樂記憶更替

真正講完小時候的痛苦經歷，以及可謂其後遺症的淒慘青春，是三十四歲認識到我另一半的時候。他是日本人，對他，我自然地用日語講了一遍。三十年來的故事，講起來也很費時間，一個晚上根本講不完。我們花了好幾個晚上才算完成了一項特別沉重的任務。那時候我住在香港，他則住在東京，而且一九九六年的世界，網際網路還沒有普及，講話要打越洋電話。果然，那一年的電話費高達三百萬日圓，竟相當於我當時年薪的一半。我們得趕緊結婚，否則雙雙要破產了。

回到日本結婚定居，我一方面有謹慎的勝利感。另一方面，住得離娘家不遠，還是非得提高警覺不可。隔了十二年回老家，我面對的現實是：白雪公主繼母般的母親不僅屬於我孩提的記憶庫裡，而且是永恆的存在。或者說，我變了，但是她沒有變，仍然隨時都會發動攻擊。

回到東京定居的二十年時間裡，我的保護傘來自兩方面。一方面是我自己的小家庭。結婚生育小孩子的生活，帶來了超乎預想的療傷效果，也繼續給我快樂地活下去的勇氣。從前痛苦的記憶，一一給新的快樂記憶更替了。

另一方面則是中文書寫的工作。對我來講，中文書寫的空間一向是別人無法進來的避風港。這話怎麼說呢？英國女作家維吉尼亞・吳爾芙，曾寫過一本書叫《自己的房間》，說女人要寫作，需要有鎖上後誰都不能進來的空間。我相信，不僅是女作家，全世界很多女人都能體會這句話。拿起筆來要寫作，現實生活中，會有很多很多干擾。比較難辨的是，那些干擾往往來自我們所愛的家人。鎖上門了，會傷害他們的感情，因而不願意，但是這樣又很難集中精神去思考、寫作。如今，語言學研究涉及到對大腦神經的觀察；結果發現，在我們的大腦裡，第一語言（母語）和第二語言（外語）存在不同的記憶庫裡。我看到這段敘述就拍大腿，因為正符合自己的經驗：在我的腦袋裡，中文思考、書寫的活動，似乎在隔絕於日常生活的、一個能鎖上門的空間裡進行。當我在腦袋裡，靜靜地打開中文書寫的房間，就誰都不能進來。能擁有這麼一個思考空間，我覺得很奢侈，很幸運。

從一九九八年起，用中文寫作，逐年出版的活動，讓我有了「日籍中文作家」這樣與眾不同的自我認同。母親曾嫌我不符合日本標準，尤其嫌我身材高碩。後來，我學會了中文的「與眾不同」一詞兒，高興得很。我的體格生來就像中國東北人或者盎格魯—撒克遜人；那麼穿美國、英國製造的衣服不就行了？根本談不上「出類拔萃」一點都不要緊，只要有「與眾不同」四個方塊字在身邊，我就能夠安分守己、心平氣和地過日子。

毒母文學

心理學家說：大家的心目中都有別人看不見的「內心父母」（inner parents），當我們做事情的時候，告訴我們：「該怎樣，不該怎樣，否則後果會如何如何」等等。如果是健康正面的「內心父母」，就一輩子會起良好的輔導作用，正是「良知」的別名都說不定。然而，如果是不健康負面的「內心父母」，搞不好會害孩子一輩子。除非有意地將其割除，否則簡直跟受了無期徒刑差不多，因為負面的「內心父母」最善於通過恐嚇孩子來滿足自己的支配欲。美國著名的心理療法家蘇珊・佛沃（Susan Forward）博士，稱那把戲為「情緒勒索」（emotional blackmail），稱那些父母為「毒親」（toxic parents）。她書寫的《毒親》（台譯（《父母會傷人》））一本書，一九八九年英文原作問世，十年以後翻成日文出版。目前在日本的書籍市場上，她的著作總共有八種之多，可見受日本讀者歡迎的程度多高。

「母性神聖」可以說是世界性的神話。無論古今中外，讚揚母親慈愛才是人類的正道。被慈母帶大的人，能夠跟人類正道保持一致，堂堂正正地在陽光大道上走下去，真好。但是，被「毒親」帶大的人呢？不僅從小日子過得痛苦難堪，而且萬一把實話說出來，就要遭受來自社會的批評：「罵母親？多麼不孝！怪不得令堂不疼你。」我把小時候的生活環境形容為「陰影」，因為有滿肚子的冤枉，覺得非常痛苦，可是又不能夠光明正大地訴說出來。也就是說感到委屈，但是在我的母語裡，連「委屈」一詞都不存在。辭典上說的「不滿」「不平」「殘念」「可惜」「遺憾」，全加起來都不能表達「委屈」的內容。幸虧，美國專家發明了「毒親」這樣的概念和名稱，我們在亞洲也從此可以用它來認清、分析、告白長年來的心理苦楚了。

我估計，這些年發表「毒母文學」作品的日本女作家們，大概都看過美國博士的著作而從中得到了勇氣和鼓勵。同時，在如今的日本社會，任何一種新概念普及到草根去，都似乎一定需要漫畫或電視節目的幫忙。正如，有了漫畫改編的電視節目《逃げるは恥だが役に立つ》（台譯《月薪嬌妻》）以後，女性主義者已討論了三十年的「作為無償勞動／愛情勞動的家務」問題，才終於成為老百姓之間的話題一樣。就「毒親」而言，漫畫家田房永子作品《母親太沉重了》（二〇一二年）、《我的母親很奇怪吧？》（二〇一四年）等起的宣傳啟蒙作用不可忽視。

優秀的漫畫家有特殊的能力：把複雜的問題用簡單的對白和圖畫來讓很多人看明白。田房永子舉的例子，譬如：母親不給女兒買胸罩、母親為女兒做的便當常漏汁、母親自行跟女兒的朋友交往等等，也許從外人看來都是小問題。但是，親身經歷過的人都深刻明白，母親不給女兒買胸罩，使她對自己身體的發育感到羞辱，也在別人面前嘗盡恥辱。便當盒裡的飯菜漏汁，看起來像偶然，實際上倒不見得；只要費點心，完全可以防止的，至少該可以防止重複地發生。食物代表愛情，乃連小孩兒都本能會懂的道理；當大家高高興興地打開蓋子享受那份愛情之際，偏偏自己的便當盒漏汁，弄髒整個書包。那個時候感到的絕望，我有親身的體會，十分能夠跟漫畫的作者、讀者同病相憐。

看看那些作品，各位作家母親的「毒性」，顯然也有性質之不同和濃淡之別。有些母親，給人印象算普通，並不那麼奇怪。繪本作家佐野洋子的母親屬於這一類；她戰後帶著孩子們從外地被遣返回日本，丈夫失去了生活能力，她的負擔大得很，於是心情一不好就打罵大女兒洋子來發洩。果然，佐野去世以後，她前夫和親生兒子在一次對談會上異口同聲地證實：洋子的母親其實是很普通的一個人，卻在書中被描寫成怪獸了。當然，即使是那樣，也不能否定女兒一輩子感到的真實痛苦。

有些母親，倒是個人能力突出，然而重男輕女的日本社會不給她有用的事情去做，於是把多餘的精力全用來支配女兒。可以說，這樣的母親也是受害者，但還是不能勾消女兒在她手上受的苦。水村美苗的母親就屬於這類型；為了徹底干涉寫小說出名的女兒，老太太進入晚年以後，居然上起創作班來，還真寫出了一本自傳性小說出版（水村節子著《高台上的家》），其內容竟然跟女兒的作品《母親的遺產》正面衝突。謝天謝地，我母親沒有那麼個文采。還有個別的母親，該稱得上囚犯或者病號。例如姬野薰子在《謎樣的毒親》書裡寫的孩提經歷，與其說是童年往事，更接近犯罪檔案。

美國心理學家所說的「毒親」，原文是「toxic parents」即「有毒父母」。然而，一到日本就變成「毒母」，而且原告幾乎都是她們的女兒。二十一世紀初的日本文壇，流行起女作家執筆的「毒母文學」來，一個因素是母女兩輩女人之間存在著深刻的代溝。老一輩的日本女人在重男輕女的社會裡咬著牙齒熬過來了。她們眼看女兒一輩擁有更多的選擇，要自由自在地過日子，由她們看來不外是任性、自私、違背婦女之道，「哪有這麼個道理？」往往既羨慕又嫉妒到心理不平衡。

比方說，我母親。她在我已故父親面前總要擺出好妻子形象。父親是重男輕女的老一輩日本男人。每次在電視上出現女性學者、評論家等知識分子，他一定要說：

「我最討厭這種女人。」

母親則在旁邊坐著笑咪咪，因為她特別愛聽自己的丈夫罵別家女人，也絕不忘記加上一句話說：

「所以，她被休了嘛。」

那是個女性評論家叫俵萌子。她早年任職於產經新聞，跟同事俵孝太郎結婚。據日本媒體報導，丈夫最初把她當作學妹疼愛；但久而久之，萌子的知識、經驗都逐漸進步到叫丈夫感到威脅。這麼一來，再也不能接受她了。於是最後：

「她給休了嘛。」

母親猶如宣布勝利似的說。

英文有個詞叫「misogyny」（厭女症），日文至今沒有固定的翻譯。一代日本「毒母」之所以出現，可能是在普遍「厭女」的社會裡，咬著牙熬過來，必然導致的結果。比較麻煩的是，父親對女性知識分子的仇恨，其實隱藏著心底下悲痛的劣等感。他自己年輕的時候，日本的時代環境以及家庭的經濟條件不允許上大學。結果，在男大學生面前一輩子深感自卑。甚至老父去世以後，他一位老同學告訴我：

「妳父親直到最後都不敢直呼我的姓名，一定要叫我某某君的。」

不外是因為人家大學畢業，比自己學歷、文化程度高。那自卑感反過來會成為厭女症的起因。他看到女大學生就壓不住怨恨，冒起火來，罵個不停，說：

「女的讀了大學，就傲慢臭美。」

當他大學畢業的小妹離婚之際，母親就高高興興地說：

「小姑大學畢業驕傲得很，果然被休了嘛。」

脫離不了母親貼的標籤

我二十二歲為了去中國留學，離開了父母家。後來，二十五歲又移民去了加拿大。之後，我再也沒有長住過父母家。三十五歲，從香港回日本結婚並定居東京，至今二十年，也沒有一次在父母家過夜。都是因為那裡不合理的事情太多，叫我無法安心休息。我想不通的是：除了我一個人，其他男男女男四個孩子都習慣於聽從母親。結果，他們見怪不怪，聽怪不怪。如果我公然指出母親的問題來，他們恐怕會生氣，甚至會傷心。有一次，我給母親發電郵寫了一句公道話，未料引來妹妹眼裡含著淚水抗議道：

「我不允許妳叫媽媽難過。」

妹妹和母親的關係，看起來比我密切和睦很多。比如說，妹妹成年以後，還經常鑽進父母的被窩裡睡午覺，而且幾乎每個週末都給母親開車當司機去辦事、去旅行。但是，我也知道，母親從來沒誇過妹妹一次。一講到妹妹，母親就說：

「真邋遢，不可救藥。」

因為妹妹從小都不懂收拾房間。

母親也從來沒誇過大弟，一講到他就說：

「太自私了。」

簡直是給他貼上標籤。中文說的扣帽子，日文則說貼標籤。帽子和標籤都不一定有事實根據，更多時候是惡意的誇張甚至壓根兒造謠都說不定。在我長大的家，母親壟斷給人扣上帽子、貼上標籤的權利，而且一旦給扣上帽子或給貼上標籤，就不能期待有平反的一天。大弟由於小學一年級的時候曾拒絕上課，校方叫母親來跟輔導員說話。對方講：

「妳作為母親，有一些需要反省、改正的地方。否則小朋友的態度也不會改變的。」

母親認為大弟給她丟了臉，而且認定是他生性自私所致。後來由父親介入，把小男孩帶到柔道教室去了。結果，弟弟喜歡上柔道，不久也開始上學校了。之後，他繼續練柔道練到進入奧運會獎牌得主輩出的國士館大學柔道隊；現在，過了五十歲，還業餘時開設柔道教室指導孩子們。儘管如此，直到今天，母親一講到他就一定要說：

「太自私了。那差一點兒沒死的東西。」

因為他沒上小學之前，在河裡溺水得了嚴重的腸胃炎。其實，是那一次的長期住院才導致大弟剛開始上學不習慣集體生活的。

母親如今講到我就說什麼，已經不曉得了。可是，我小時候，她曾經常說：

「老撒謊，小騙子，」

逼得我快發瘋了。現在回想都好可怕，那簡直就像台灣白色恐怖時期的警備總部什麼的。小學一年級以前，我有兩三次被母親抓到過撒謊，結果給牢牢貼上了「小騙子」的標籤，再也撕不掉了。然後，直到我二十多歲離開日本為止，她都在我面前和背後經常說：

「老撒謊，小騙子。」

尤其她跟哥哥兩個人的時候，經常彼此笑嘻嘻地說：

「記不記得，她那次撒了謊？」

幸虧，我後來頭腦成長得算健康，最後想明白了：每一個人都會撒謊，是人的大腦結構決定的，要怪就要怪到創造主去。然而，一般人成年以後就變得少撒謊，因為撒謊其實是不合理的行為，平均起來負面影響大於正面效果。在這一點上，我母親也算是很特殊的。記得我小時候，經常因為母親說的話和眼前的現實互相矛盾，覺得特別不舒服，差一點兒就要發瘋。比如說，有一次，我跟她說要吃牛肉，未料她回答道：

「妳說什麼？上次我買來牛肉給妳吃，妳不是說了有奶油味道吃不下嗎？」

叫我想不通。我真的吃過牛肉，說過吃不下嗎？但是「奶油味道」又是什麼呢？我家塗上吐司吃的歷來是人造奶油，連學校的營養午餐都是。我哪裡吃過真奶油？怎會知道奶油味道？看我想不通到蹙起眉頭的樣子，她臉上又浮出來那笑咪咪的表情。

關於小弟，母親不大說壞話，但也不能說是疼愛他。我記得他小時候，每到冬天嘴巴周圍就呈紫色，看起來像長著大鬍子。所以，同學們年復一年都叫他

「熊五郎」，乃日本傳統的單口相聲「落語」裡，以木匠為業的滑稽人物名字。我後來當上人母，照顧小孩的日子裡發現，那症狀只要塗一塗類固醇軟膏就會治好，而且小弟長大的年代，類固醇早已在日本普及。於是有一次問了母親：

「為什麼沒有買藥給他呢？」

母親說：

「當時工作忙，根本沒想到。」

總之，據我觀察，母親的男女男女男五個孩子裡頭，除了媽寶大哥以外，沒有一個被她真正疼愛過的。奇怪的是，卻只有我一個人明確地看出她的問題，對她有意見，甚至要找好幾個諮商心理師去談跟她的關係。弟兄們長期留在母親身邊工作、生活，加起來的受害程度絕不亞於我，說不定比我還深。儘管如此，投入了太多感情和人生時光的結果，好像他們更難看清事情的真相了。

第二章

柏木五丁目的孤單孩提

將要陪伴我一輩子的美味、書本和外國想像，
猶如幾粒寶石一般，
在黑暗的底色上，永遠發亮著。

想起小時候，是否別人也會跟我一樣感到不安？

小時候，我住在東京都新宿區柏木五丁目。那是現在的北新宿四丁目，位於東京二十三區之一新宿區的西北角，隔著神田川對岸是中野區。

柏木五丁目的南邊有中央・總武線軌道，西北邊流著神田川，東南邊則有小滝橋通，往東南至新宿車站不到兩公里。今天打開地圖看，柏木五丁目差不多是正三角形。

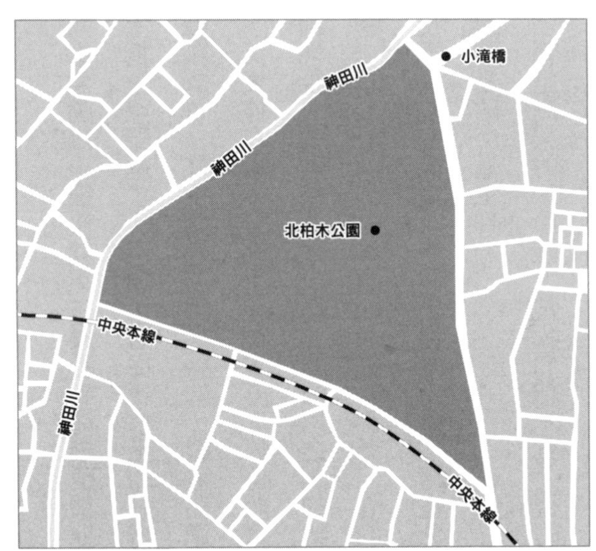

但是，小孩子怎會知道自己住的地區呈三角形？當時的我連地面的高低都沒有掌握好。

若從新宿坐往西的中央線快車，列車開動後，很快就在右邊看到淀橋蔬果批發市場。然後才幾分鐘工夫，列車馬上抵達中野站了。不過，若從新宿坐的是總武線慢車，那麼列車會先停在如今以韓國帥哥一條街聞名的大久保站，跟著開過了淀橋蔬果市場以後，再渡過神田川，又要停在東中野站了。柏木五丁目位於總武線大久保站和東中野站之間，更詳細地說，就是在蔬果市場和神田川之間的軌道北邊。而那軌道修在用土築起的堤壩上面。所以，由當地的小孩子看來，橙色的中央線快車簡直跟飛機一樣，始終快速疾駛在高處，對我們從未一顧。檸檬色的總武線慢車則稍微不同，那是我們最熟悉的交通工具。

從新宿到東中野之間，鐵路軌道一直是高架的。於是，當我們柏木五丁目的孩子要到軌道南邊四丁目之際，一定要走過軌道下面猶如城門的隧道。那裡連大白天都很黑，叫人害怕，何況真的常發生性侵案件。小時候，我沒思索過，為什麼高架軌道到了東中野車站就跟馬路平行了？家裡的大人也沒有講過。只有小學三、四年級時的班導師豐本綠老師，出生於日本海邊富山縣，老以外人的眼光看東京。她有一天在班上特地說道：

「東京到處都是坡道。」

那一句話，我覺得很特別，所以牢牢記住了。

山手高台與下町低窪

豐本老師說得沒有錯。柏木五丁目也到處都是坡道。無論從我家往西南走十分鐘的路去東中野車站，還是往東南走十五分鐘的路去大久保車站，甚至要往東北到稍遠的山手線高田馬場車站，都要走上坡的。尤其去東中野的時候，橫跨神田川的大東橋對岸，看起來簡直像山崖，使柏木五丁目相對顯得像谷底。儘管如此，過了很多很多年以後，我才忽然間明白：柏木其實處於神田川邊的低窪，海拔比鄰近地區都低。怪不得曾經在颱風來臨的季節，附近鬧過幾次水災，一九八〇年代修好放水路後，才不必擔心洪水了。

東京人自從江戶時代起，就有「山手」高台和「下町」低窪的概念。封建時代，「山手」住了屬於統治階層的武士，「下町」則住了屬於庶民階級的工商業者。猶如跟英國殖民地時代的香港一樣，住處海拔和社會地位呈正比。可那是江戶城內的事情。我小時候熟悉的新宿和中野，過去都在江戶城門外，一八六八年的明治維新以後才被併入東京府，一九二三年（大正十二年）的關東大地震以後，為了安頓災民，方開發為住宅區的。我爺爺和奶奶都出生在鄰近縣分的農村，大正年間結婚以後，到東中野定居下來，一邊做木屐店、壽司店等的生意，一邊養育了八個孩子。我父親排行老四，一九三四年出生，屬狗。他曾告訴我，小時候常在神田川游泳，有時還抓到了鰻魚。

東中野雖然是相對新興的住宅區，但是直到現在形象都不差，例如今天在車站對面就有專門上映社會紀錄片的小電影院「PORE-PORE東中野」。可以說，在東京人的心目中，東中野屬於「山手」。記得我小時候，東中野住著很有名的烹飪老師叫飯田深雪。她是外交官的遺孀，戰前在歐亞各國生活過，戰敗後以教烹飪和手工藝出名，成了廣播、電視的常任嘉賓，可以說是日本版的傅培梅。聽說，她家的院子裡種滿玫瑰花，叫我覺得非常不可思議：離自己家不遠的地方，怎麼會有電影布景般種滿玫瑰花的豪宅呢？因為在坡道下的柏木五丁目，房子都直接面對巷子，我們小孩子都在家外柏油路上拿蠟石畫畫，跳繩子玩的，哪有什麼院子？更何況是種滿玫瑰花的？原來，封建時代結束後很多年，東京人仍然下意識地遵守著不成文的老規矩：「山手」的宅邸要有圍牆和院子，「下町」的庶民住家則直接面對馬路、巷子才合適，若想養花種樹的話，就在路邊擺花盆澆水了。

　　柏木五丁目只有一條大街叫大町通，至於其他巷子、小路都沒有名字。這是因為日本的地址跟其他國家的差別，不是沿著馬路編號，而是給一片一片土地相應的號碼：「番地」。大町通的東端是小滝橋通，西端則是神田川，幾乎直線貫穿著正三角形柏木五丁目的心臟地帶。我小時候，從一九六〇年代中到七〇年代初，東京還沒有超級市場，更沒有便利商店。大町通的兩邊卻有個人經營的小商店鱗次櫛比。鮮魚店、鮮肉店、八百屋（蔬菜商）、麵包店、糖果店、牛奶店、電器店、文具店、書店、五金雜貨店、錢湯（公共澡堂）、化妝品店、理髮店、美容院、洗衣店、菸草店、拉麵館、蕎麥麵館、洋食屋（西餐廳）、內外小兒科診所、牙科診所、接骨院等等，都集中在全長才五百多米的馬路兩邊。過庶民生活，方便得很。大町通正中間有家邊烤邊賣的日式「煎餅」（米粉脆餅）商店，那旁邊的小巷子走進去，右邊有理髮店，對面的平房就是我小時候的家。

我父母剛結婚的時候，曾住在東中野朝日壽司店後邊。當時，父親在祖父母開的店裡當廚師，母親則是幫手的小媳婦。家中有中風後左半身痲痺的爺爺，替他當家的奶奶以及叔叔、姑姑四個人，還有大叔的第一任、第二任太太。再加上壽司店雇請的幾名小伙子，人際關係相當複雜。於是哥哥四歲、我兩歲時，年輕夫婦宣布獨立，從高台上的東中野，走下坡道，渡過了神田川，到柏木五丁目租起房子。

柏木五丁目的家

在一片不怎麼大的土地上，蓋著兩棟小房子，都是木造平房，只有兩個小房間和廚房、浴室、廁所。中間有空地，但不是院子，沒有樹木也沒有花草，只有泥土和大小岩石。父母先租了外面一棟，後來租了裡面一棟，跟著兩邊都租了下來，以便對付幾乎每隔兩年出生的孩子。裡面一棟後邊原來還有點空間，父親請木匠來加蓋我們五個孩子的臥室，安置了兩張雙層床和一張娃娃床。後來，父親又請木匠在兩棟中間的空地上蓋了屋子，並且在那兒經營起規模可觀的印刷廠來。跟房東之間的矛盾越鬧越大，最後決定搬走的時候，我都快十二歲了。所以，算起來，我們家在柏木五丁目住了前後十年。期間，我剛上小學後的三、四年，我們也住過鐵路軌道南邊柏木四丁目的兩層高小房子。大概就是那段時間裡，五丁目的房子開始翻身為「新井印刷」的；回想著那年代，我的鼻子似乎還能聞出活字的鉛味來。果然，人的記憶不僅帶著顏色，還帶著氣味。後來，印刷廠搬到走路十五分鐘的下落合去，我們又搬回柏木五丁目住了一段時間。最後，我小學六年級的暑假裡，去參加學校營隊前夕，母親告訴我：

「回來後別到這裡來了，要坐巴士去沼袋一丁目，知道了吧。」

原來，那幾天裡，要搬家去新房子。

在那前後十年的時間裡，我對柏木五丁目的家，印象最深刻的是，最早還只有哥哥和我兩個孩子，弟妹沒有出生之前的時段。當年的東京，似乎治安特別好。白天在家，家門和落地窗戶都是開著的。在榻榻米地板的房間裡一個人玩耍，我能看到對面理髮店前旋轉的藍紅白三色電招牌。兩、三歲的女娃一個人玩耍，因為比我大兩歲的哥哥上了後面一條巷子的托兒所。父親出去工作，母親也不在家，她送哥哥去托兒所以後，可能直接到東中野的醫院看護奶奶去了。老太太患了胰腺癌，乃當年不能動手術的致命之症，在放射線治療、化療發明前，只能活生生受煎熬。母親每天回到家都說：

「妳奶奶臭得要命，散發著魚肉腐爛後的味道。」

我四歲的時候，大弟出生。母親就把他交給隔壁大友先生的太太照顧，仍舊經常出去不在家。大友阿嬸當年沒有孩子，可說是悠閒的家庭主婦。母親說每天付五百塊日圓雇用她。雖然住著跟我們家一樣的小平房，木頭地板的一間房裡放著跟大人一樣高的洋電燈，感覺頗浪漫。我印象最深刻的是，去她家就能喝到茶托上西式茶杯裡倒的奶茶，而且阿嬸會問道：「方糖要放幾個呢？」

不僅白天，連晚上母親都常常不在家。好像是因為當年，父母在東中野的壽司店隔壁二樓經營只有一排櫃檯的小酒吧叫Cusenier。店名取自法國洋酒公司的字號。在我腦子裡的記憶庫，有一張照片該是在那兒拍的：壁櫃上擺著玻璃瓶裝的紫黃紅綠各色的酒水，相信其中一些就是Cusenier公司的產品；母親在壁櫃前面站著微笑；隔著吧檯則坐著上半身赤裸裸披上大浴巾的胖男子，好像是喝醉了酒，樣子很粗野；年紀小的我給嚇壞了，引來了別人的嘲笑。也許，那是我唯一一次被帶去坐吧檯凳的時候，似是受到教訓，後來乖乖地留守在家了。後年，母親經常講到：

「夜裡回家，就會看到妳從雙層床的上邊掉下來，還尿了褲子，在大哭。」

五十年後的今天，她回想起來還是樂不可支的樣子。把淒慘的事件當笑話說，就叫人很難提出抗議來，因為那麼做好像不解幽默似的，要被笑得更加厲害。

酒吧關門以後才回來的緣故吧，我三歲開始去托兒所以後的第一次遠足，母親沒能做便當讓我帶。當時在街上也沒有便利商店的情況下，她就叫我帶從壽司店買回來的一盒紫菜卷，是隔夜菜。其他小朋友幾乎都有裝了飯糰、章魚型香腸、炒雞蛋、兔子型蘋果片的可愛便當盒。我的便當呢，截然不一樣，是在薄木片做的長方形盒子裡，裝著清一色很專業的葫蘆乾卷壽司。最要緊的是，印著店名「朝日壽司」的包裝紙上，還有緊緊綁成十字型的細繩子，小孩子實在沒有辦法鬆開。

當我正感到絕望之際，幸虧有好心的老師幫我解開，看著我的便當，她都不知道該讚揚還是該同情的樣子。

母親的人生聽來都是不幸

在我腦海裡，母親的印象很模糊。我小時候沒有跟她親密接觸的記憶，也似乎沒看過她對我笑。即使在家的時候，她都站在離我很遠的地方，要麼做飯，要麼打掃，要麼洗衣服。當年小娃娃的襁褓是用布做的，不僅要用手縫，用手洗，也要用手曬乾，用手摺疊。母親從沒有休閒的時間。在我印象裡，她也沒有任何愛好。我從小就知道她是一個不幸的女人，或者說，我從小就以為不幸是人生的常態，因為母親告訴我的事情全都是不幸的。比方說：

「我小時候，妳姥姥曾多麼凶狠地揮煙管抽打我，妳知道嗎？」

「當年打太平洋戰爭，常有美軍飛機來轟炸東京。日本政府下令所有在大城市的學童，馬上離開父母集體去鄉下避難，以免全民滅絕。誰料到，一到新潟縣農村，陪同的老師們就卑鄙地偷竊當地人捐贈給我們小孩子的食品。他們不僅偷吃，而且還倒賣當年比生命都貴重的大米、黃豆等。結果，日本戰敗後，回到東京，當時九歲的我骨瘦如柴，營養不良到極點。妳姥姥馬上把我又送到海邊漁村去一個人靜養幾個月。」

「和平時期到來，我回家上了中學。可是每天下課以後，我就要照顧小七歲的妹妹，哪兒都不能去玩。天黑了得餵她吃晚飯，也得帶她去公共浴池洗澡。別人都說：妳是否被收養的？小妹妹才是妳母親親生的吧？」

「有一年元旦，我穿著盛裝和服出去卻弄髒了，氣死妳姥姥。結果，在大寒天下，給用冷冷的井水洗了個全身。好冷的，我不停地顫抖，差一點沒凍死。」

「學校畢業後，我當上了品川一家美容院的見習生。那裡的老師、學姐、常客，一個比一個凶狠，老欺負我。那一年，我連飯都吃不飽。」

「二十三歲結婚時做了壽司店的小媳婦，就要受婆婆和三個姑子聯合欺淩。

她們說，我長大的東京東部龜有是『下町』，所作所為都跟她們『山手』人不一樣。有一次，妳奶奶叫我做山藥湯，我就按照老家的規矩，用味噌調味了，未料引來婆家人的恥笑和批判。她們說，哪有把山藥湯用味噌調味的？當然是要用醬油調味才行。是否你們在『下町』就真的這樣吃？把好好的山藥湯弄成了味噌湯，土裡土氣地沒辦法吃了嘛！」

「現在妳奶奶生病住院，只有我一個人天天去照顧她。至於奶奶的三個親生女兒呢，好比都是客人一樣，來了一會兒聊聊天就走，從不動手幫過什麼。不僅如此，竟然帶來奶奶不喜歡的黃色花束，真叫人沒得說了。」

「尤其妳大姑既嚴厲又自私。明明知道咱們家沒有錢，還是每年到了夏天『中元』和冬天『歲暮』送禮季節時，一定打電話過來要求什麼東西，而且都是昂貴的新上市家用電器等。他們家的洗衣機就是我買的。憑什麼？就是憑我們結婚的時候，請大姑夫婦當了媒人。只是形式而已嘛。可妳大姑堅持說：媒人就跟父母親一樣，理應得好好孝順。現在，妳奶奶昏迷了，但還沒有斷氣，大姑毫不忌諱地大聲談論誰能把病房裡的電視機帶回家？」

奶奶去世以後，母親就說：

「妳三個姑姑自行分遺物了。我那麼孝順地伺候妳奶奶，心裡好期待她走之前會留給我金項鍊什麼的。誰料到，妳姑姑們送來的紙箱裡，卻只有中間發黃的破內褲呢！」

一件一件事情，到底是真的還是假的，究竟多麼嚴重，小孩子無法判斷，也無法插嘴說什麼。可是，當母親重複地講述她在人生道路上遇到的一件一件不幸事件時，表情和語氣都很黑暗，也充滿著對全人類的憎恨。聽她說話，好像別人家全是毒辣的。包括姥姥、奶奶、大姑、小姑，都像是灰姑娘的繼母和異母姊姊們，抑或白雪公主的繼母等童話裡的負面角色。只有母親一個是無辜的好人，跟灰姑娘、白雪公主屬於一類。

即使說不上是負面角色的親戚知己，由母親說來也都不是什麼好東西了。例如：

「二伯的太太是從鄉下嫁過來的土包子。住在婦產科醫院的時候，她不能分別東京方言的『腦袋』（otsumu）和『襁褓』（omutsu），常鬧出笑話來，都不知道別人笑什麼。她本來就是腦袋不靈光，只因為妳二伯找不到對象，周圍人從鄉下叫遠親女孩子來幫他的洗衣店。結果，生米果然煮成熟飯了呢。多丟臉。」

「大叔的第一任太太是壽司店常客某某教授的千金，從小給寵壞，結婚以後都不停地出去看話劇什麼的。過了一年，妳奶奶實在忍不住了，於是問大叔：你要店鋪還是要老婆？大叔果然選擇店鋪，不要太太。然後，奶奶又從鄉下找來了傻乎乎不會自己出門的女孩子，叫她給大叔做填房。」

「妳三姑上過大學，傲慢得很，果然沒有男人要她了。所以，只好嫁給年紀比她大九歲，還離過婚有孩子的禿頭老男人。那個禿頭新郎在婚禮上唱了一首下流的流行歌曲，真丟臉。」

「跟妳父親一起開印刷廠的清水先生，別看他外表斯文，人卻吝嗇死了。他剛買房子，沒有錢，所以每天中午都去大町通上的麵包店，購買一袋『麵包耳朵』即做三明治切下的吐司邊吃。那是別人買回去餵狗的東西呢，多麼難看。」

「當過妳哥保母的信子阿姨，她原先是在酒吧工作的。後來結婚的對象是黑社會兄弟，當她生孩子的時候，人家在坐牢呢。」

奇怪的是，母親從不把那些閒話講給父親和哥哥聽。是她把我的耳朵當作往地裡挖的洞穴嗎？猶如西方童話《國王的驢耳朵》？二十多年以後，我在加拿大生活的時候，知道了當地普及的通俗心理學裡，有個術語叫做「情緒垃圾桶」，忽然明白其所以然。就是母親把幼年時代的我當作「情緒垃圾桶」，不愉快、不服氣、上不了檯面的情緒全丟進去。可即使是小孩子，被當作別人的「情緒垃圾桶」，心裡絕不是滋味。所以，小時候的我，與其去聽母親講的黑暗故事，寧願一個人在家玩耍，也不覺得多寂寞。

在書的想像間放空

哥哥上小學的前一年，在托兒所裡學平假名和片假名，回家以後有功課要做；我在旁邊看著，就學會了那些字。印刷廠裡做事的一個年輕人，有一次要教哥哥二十六個羅馬字。我都坐在旁邊看，比哥哥早記住了。認識了字，就能一個人看書。只可惜當年家裡沒有多少書。我父母沒有閱讀的習慣，自然也沒有書架。

父親一位青梅竹馬在《每日新聞》當記者，所以在我家，是向來有訂報紙的。另外，父親也幾乎每週都買《週刊新潮》，乃一份右派政治八卦雜誌，直到他患了跟奶奶一樣的胰腺癌，不能雙手舉雜誌看了，還要母親朗讀給他聽。

在沒有書架的家庭裡，幼小的我最常翻開的是厚厚一本水果圖鑑。有各種柳橙、橘子、梨子、蘋果等等的細密圖畫，以及其日文和外文的名稱。我在跟報紙一起送來的廣告傳單後面，用蠟筆模寫那些水果，並加上日文和外文的名稱，覺得特別好玩。後來我擁有了一本童書，是《安徒生童話集》，其中一篇成了我小時候的最愛：〈賣火柴的少女〉。她孤孤單單的處境，喚起我的共鳴。最後，在聖誕節晚上，她餓著在街頭凍死。可是，臨死前，一個人徘徊於外面，她從窗戶看到別人家吃的豐盛晚餐，包括腹腔裡填滿了李子等乾果的烤全鴨。悲慘的情節使那豐盛的美食顯得格外有吸引力，而好像這其中表現出來一種我的現實生活裡所缺席的美。

不過，我翻開書本看看寫寫，與其說投入於故事情節，倒不如說是發呆時的放鬆自如，因為看書時在腦子裡出現的空間，是別人尤其母親不能進來的安全區。二十多年後在加拿大，有個猶太裔諮商心理師告訴我：

「小時候愛看書、愛畫畫的孩子們，一般都活在難堪的環境裡，於是為了逃避現實，他們看書、畫畫。大概妳也是，對不對？」

他也給我解釋了為什麼小時候的我一直肥胖：

「母親給妳的壓力那麼大，非得有碩大的身體才能支撐，對不對？」

我肥胖的身材很像父親和小姑。所以，母親常跟長得像她的哥哥聯合起來挖苦我。例如：

「看妳的身體，連屁股的形狀都跟妳父親還有小姑一樣。看樣子，妳的根性也一定像他們的。」

「看妳的身體，那麼肥胖，人家送來可愛的衣服都無法穿上，只好讓給妳表妹了。」

公平地來說，小孩子肥胖應該是家長的責任，因為無論是遺傳基因還是每天的伙食，都是由父母那裡來的。果然，我小學一、二年級時的班導倉田照子老師，有一天把一張紙交給我說：

「回家和家人好好商量。」

那張紙上，介紹一所新宿區政府專門為病童開設在千葉縣海邊的寄宿學校。原來，在老師的眼裡，我的身體已肥胖到不正常，只好請專家治療的地步了。恐怕老師都看出來，家庭環境才是我肥胖的原因，所以離開父母去上寄宿學校會改善我的處境以及身體健康。母親看了那張紙，可是似乎沒有明白，跟我和父親完全沒有商量，就揉成團丟進垃圾桶去了。

至於女兒長得不像母親而像父親，也不可能是女兒的錯吧。儘管如此，當年住在柏木五丁目的阿姨們，有家庭主婦也有天黑以後才化起妝去新宿上班的吧女，都愛拿我長得極像父親的外貌取笑。她們說：

「妳喜歡母親還是喜歡父親？長得這麼像父親，應該喜歡父親多於喜歡母親吧？相比之下，妳哥哥像母親多了。果然母子倆感情很好，要跟妳和父親作對，是不是？哈哈哈哈哈！」

她們那麼說，叫幼小的我不知道該笑還是該哭，只好板著臉，拿著蠟石，在柏油馬路上繼續畫畫。我看著地面聽大人們聊天的內容，大多是別人的壞話。即使本來很光榮的事情，由她們說來，一定會變為丟臉的。例如：

「前面煎餅店的女兒，書念得非常好。大學畢業後，在什麼研究所上班的。

這個女兒呢，幾年前結婚，最近也生了孩子。可是她喜歡工作多於喜歡帶孩子，居然把小娃娃交給老太太，自己又上班去了呢。所以，大家都說嘛，女孩子書念得好並不是好事。」

五十年以後，我注意看日本二〇一〇年以後掀起的「毒母文學」作品，如姬野薰子寫的《昭和之犬》、篠田節子寫的《長女們》，發現裡面都出現挖苦女兒長得像父親的母親。那些母親，尤其是《昭和之犬》裡的母親，跟丈夫的關係徹底崩潰，對自己的婚姻絕望，又有社會壓力不能離婚，因而憎其人及其女的。可是，我母親就不一樣。她一方面把丈夫用英語稱作「darling」，也常向外人鼓吹自己的婚姻生活多麼圓滿美好，甚至把我們五個孩子公然說成是「愛情的結晶」，叫我覺得很不舒服。因為真正幸福的人，是不會特別對外宣傳自己的私生活多麼充實。家醜不必外揚，家美也不必外揚吧。但是，母親一定要外揚，而且她從不隱蔽，在她五個孩子中，有三個的生日竟然是十一月十六日、十七日、十八日，三天連續的。這會有什麼原因呢？

受傷不敢說的青春期

我十歲左右，從柏木四丁目的「二階屋」又搬回五丁目「平屋」居住時，因為差不多要進入青春期，對那方面更為敏感了。也許跟我肥胖有關係，才小學四年級就被同學們說：

「怎麼妳的胸部跟我母親一樣？」

班導豐本綠老師則對我說：

「不用為自己的身體發育比別人早而感到羞愧。」

晚上，我從浴室圍上毛巾出來時，連父親都說：

「是否乳房已開始發育了？」

但母親堅決不承認，說：

「沒有啊。只是肥胖而已。」

當時，我胸部碰撞了什麼，就疼得要流淚。有位Lucky太太，因她先生開的飯館叫Lucky Seven，所以母親把那位太太都叫成Lucky，看到我的樣子說：

「她現在就是胸部疼痛的時候吧？」

母親還是不承認，斷然否定道：

「沒有吧。哪有呢？」

凡是母親說的話，我都不想否定，因為那麼做等於主動惹她。

可實際上，我的胸部是早就發育了。有一天下課後，要去鐵路軌道南邊的同學家，正走過中央線軌道下那黑暗的隧道時，從前面走過來一個男人，忽而抓住了我的乳房。既害怕又疼痛，我都想哭了。可是，跟誰也不能訴苦，因為母親聽到了一定會罵我，一定會說是我的錯。我是受害者，怎麼卻要挨罵？但是，在我記憶裡，她從來沒有同情過我，也沒有安慰過我；對我說話，不是諷刺就是辱罵。那是我從小的日常風景。所以，差不多同一段時間裡，有一天早上，來和我一起上學的女同學，聽到母親罵人的聲音而說道：

「妳母親今天有什麼特別不高興的吧？罵人罵得那麼厲害！」

叫我忍不住大吃一驚。因為在我家，那是常態，一日復一日都是那樣，並不是單單這一天母親的心情特別不好所致。我們完全無辜時，她都已經那個樣子了；如果把什麼問題帶回家，她到底會成為什麼樣子，我連想都不敢想像。

再說，對於乳房，母親似乎有與眾不同的拘泥。住在柏木四丁目，該是我小學二、三年級的時候吧。母親有一天從外面回來大喊：

「我剛才被『痴漢』襲擊了！」

具體的情形，跟我後來在隧道裡的遭遇差不多。可她的反應完全不同：不僅叫來隔壁和對面的鄰居太太們，也打電話報警，等警官過來以後，好幾個人一起出動，要去抓犯人。結果，當然沒抓到。事發後半個鐘頭了，犯人不會留在現場。而且跟商店鱗次櫛比的五丁目不同，四丁目是純粹的住宅區，連白天都沒有多少行人，所以找證人都不大可能。那次的事件，給我留下最深刻印象的是，母親明顯興奮的狀態。她的臉發紅，眼睛發亮，聲音也比平時高很多。屈指算起來，那是我七、八歲，她三十四、五歲時候的事情。

過了兩、三年，我十歲，她則三十七歲了。我已經忘了到底是怎麼講到的，總之，我說的一句話叫她特別生氣。

「媽媽的乳房下垂。」

當時，她正在給第五個孩子餵奶。等小弟喝飽了，母親的乳房顯得枯萎，垂下來一點都不奇怪。然而，她就是給得罪了。

「記住吧。妳到了三十七歲，我一定會指出，妳的乳房究竟是什麼樣子。」是詛咒。我當場被詛咒了。後來的二十七年，我都一直很害怕：到了我三十七歲那年，母親究竟會怎樣打擊我？她記不記得自己說過的那句話，我沒有問過。總之，我三十七歲的時候，正在給第一個孩子餵奶，而那一年，關於我的乳房，母親並沒有說什麼。不過，我那麼多年的煎熬，她的目的也實現得大半了。

那是後來的事了。講回我十歲，住在柏木五丁目的時候吧。我的乳房已經很大，別人包括父親都指出來了。但是，母親不承認，所以也不給我買胸罩。十歲的女孩子，並不想戴胸罩。但是，常給別人盯住襯衫下面的乳頭，多麼不好意思，多麼委屈。可是，胸罩這種東西，又不是孩子可以自己去買的。實在沒有辦法，有一天我跟母親撒了謊：

「昨天在夢裡，妳拿著紅色胸罩追我。」

「豈不是妳想要戴胸罩的意思。」

就那樣，母親很不情願地給我買了胸罩。

當時，我還不知道，日本有不少女孩子跟十歲的我一樣，不能從母親手裡順利得到胸罩。寫《昭和之犬》獲得了直木賞的小說家姬野薰子，寫自己小時候直到上大學離開父母家之前，母親都不允許她戴胸罩，所以只好偷偷地存錢買，又偷偷地洗，偷偷地曬乾，偷偷地放在衣櫃裡母親看不到的角落。到東京開始一個人生活時，姬野最大的感觸就是：終於能夠自由地戴胸罩，洗淨曬乾都不必偷偷摸摸！

多年後回想母親當年的樣子，有個詞就在我腦海裡冒上來：歇斯底里。在那棟四丁目「二階屋」住的三、四年時間裡，她好像有兩次，從二樓房間外的陽台滾下去而住醫。但是，在同一段時間裡，她也有兩次去住院生孩子。也就是說，三、四年裡住了四次醫院，不是很多嗎？另外，還至少有兩次，對面的太太來作客的時候，母親突然鬧起胃痙攣來，給抬上救護車，送去醫院了。她說就是受不了對面的太太。但叫人難解的是，既然如此，為什麼還請她來作客呢？

連被虐待的自覺都沒有

在家裡過著鬱鬱不樂的日子，我在學校的表現不會理想。功課一直是我的長處，操行則是另一回事。小學一、二年級的班導倉田老師，似乎很關心我。除了每天在我的閱讀日記上用紅筆寫句鼓勵的話，給我介紹寄宿學校以外，還有一次，她約我到東中野車站對面的冰果店去，招待我平時吃不到的鮮奶油甜點百匯。我雖然年紀小，仍然感覺到老師該有什麼重要的話要跟我說。但直到最後，她都沒有說出口。

小學三、四年級的班導豐本老師，則明顯對我有意見。有一天，她叫我下課以後一個人留下來。在沒有其他同學的教室裡，她首先指一指我的指頭，問道：

「這是什麼？」

我猶豫的原因，是母親常說，手指邊的肉刺是不孝順孩子的烙印。有什麼根據？有什麼道理？我都不曉得。但是，既然被老師責問，只好說出了。

「是『親不孝』（不孝順）。」

「妳說什麼？」

她顯然沒聽懂。豐本老師不是東京人，處處跟我們規矩不同。接著，她替我在指頭邊貼上ＯＫ繃，叫我大吃一驚。因為在我家，母親一貫說「肉刺是不孝順的標誌」，正如「黃舌頭是撒謊的證據」一樣，根本不值得同情，哪會用ＯＫ繃治療？連塗一塗膏藥都從來沒有呢。可是，以溫柔的動作感動了我以後，豐本老師竟然開口說了：

「妳得改變性格。女同學們都控訴妳太粗暴，受不了。」

果然，我不僅被同學出賣，而且被老師提出不合理的要求來。叫八、九歲的孩子去改變性格，究竟會是什麼意思？但我還有什麼辦法？從第二天開始，我就開始扮演不同的性格來了。那新的性格是跟以前不同的，積極、正面、開朗、熱情、親切，總的來說，是好孩子。果然，過幾天，豐本老師在全班同學面前誇我道：

「新井同學很不簡單。她很勇敢地改變了自己的性格。」

只是，那全都是我裝出來的，是假的。

如今我堅決反對虛無主義。不積極去活，人生有什麼意義？可是，當八、九歲被老師強迫改變性格，然後又以此受到誇獎後，我就虛無透了。別人看來是小小的孩子，應該充滿活力蹦蹦跳跳才對，可是我完全沒力氣。看著同學在課間休息的時候，或者下課以後，在操場上玩捉迷藏，我都不能相信，怎麼他們有那麼多力氣？我沒有啊。豐本老師以為，我在家裡是好孩子，來到學校卻態度惡劣；母親以為，我在學校是好孩子，回到家就態度惡劣。然而我在家裡和在學校，並沒有改變態度。她們都以為我是騙子，但她們都錯了。

多年後，我看到有關兒童虐待的書，書上寫著：虐待有身體上的、精神上的、經濟上的，以及性虐待、忽視等。母親對我雖然沒有身體上的虐待，但是諷刺嘲笑算是精神上的虐待，不給買胸罩則是經濟上的虐待，也間接引發了來自別人的性虐待，還有把肉刺說成不孝順的標誌，因而不給治療等，都算是忽視。那一切都表示她不愛我。我後來得知，世界上不愛孩子的母親不只是她一個人。然而，小時候的我不懂，連被母親虐待的自覺都沒有。但是，在班上看到可愛的女同學們，我自然地知道，她們在家裡是被父母疼愛的，所以在學校也被疼愛。一個人尤其是孩子如果被愛著，就散發出被愛著的氛圍，所以別人也愛她。愛啟動良性循環，正如虐待啟動惡性循環。

食物代表著愛

對於在柏木五丁目過的兒童時代，我沒有多少快樂的回憶。但也不是說柏木五丁目沒有好人。比如說，前面提到的Lucky夫婦就對我很好。也許，我從小對食物的興趣就比別人大。即使在那貧窮的年代、貧窮的家庭，我都有幾樣喜愛的食品，例如微微發紅稍稍甘甜的菠菜根，幼兒園的營養午餐中常出現的炒芽菜滲出來的汁。小學五、六年級，快要離開柏木的時候，我非常憧憬一種西方菜叫焗烤通心粉，跟母親提到以後，被斷然拒絕。

「家裡沒有烤箱，不能做。妳那麼想吃，一個人去餐廳吃好了。」

然後，她又跟哥哥一起以輕蔑的眼光看著我恥笑。哥哥從小就偏食，什麼西瓜、冬菇、蝦米他都不能吃，也對陌生的外國食品如焗烤通心粉根本沒有興趣。再說，他從小就是母親的親衛隊長。

未料，有一天下課回家，母親告訴我Lucky先生送來了我想吃得要命的焗烤通心粉。我走進廚房一看，果然有約莫四十公分長、三十公分寬的長方形搪瓷盆，就是每年新年期間姥姥用來做水羊羹分給大家吃一樣的白色藍邊琺瑯容器。

「這個怎樣吃呢？」

「全是妳的，自己吃好了。」

姥姥的水羊羹是用刀切塊吃的。焗烤呢？我試圖用刀切，但是跟水羊羹質感不同，焗烤通心粉很重、很扎實，無法切開，只好用湯匙直接吃。不冷不熱，又有好幾人份的焗烤通心粉，吃起來不鹹不甜只有牛奶的味道。如果是今天，用烤箱、微波爐弄熱吃易如反掌。但當時在我家廚房，能把食品弄熱的工具，只有蒸鍋而已，可那是用來把隔夜米飯蒸熱或者把甘薯蒸熟的，不能容納很大的搪瓷盆。我就是沒有辦法把Lucky 先生的焗烤弄熱吃。母親堅決不幫忙。哥哥則專門恥笑。父親不在家。弟弟、妹妹還小不懂事。我一天吃不完，兩天也吃不完，最後只好把吃不完的丟掉，又給母親和哥哥提供了欺負我的笑柄。

儘管如此，柏木五丁目最後的日子裡，有人特地送來我的夢想食品，還是滿讓人心暖的。因為我如今清楚地知道，當時也模糊地感覺到，食物代表著愛。

Lucky先生開的雖然是「下町」的一家小食肆，主要做便當賣給附近商店的員工，但他一貫對食物有愛，所以才當上了廚師，也給我特製了焗烤通心粉的吧？他太太也是唯一對我胸部發育時感到疼痛表示關懷的人。

回想起三角形的河邊低窪地柏木五丁目，我的第一反應是不安。但仔細想一想，當年的生活中，至少有我自己用蠟筆畫的各種水果、賣火柴的少女臨死前看到的填滿了李子乾的烤全鴨、倉田老師招待我吃的鮮奶油百匯，還有Lucky夫婦誠心誠意送來的焗烤通心粉。也就是說，將要陪伴我一輩子的美味、書本和外國想像，猶如幾粒寶石一般，在黑暗的底色上，永遠發亮著。

第三章

龜有五丁目的姥姥

我小時候得到的母愛，
也許跟龜有的海拔差不多，幸好有姥姥。
即使在親戚圈子裡，不同的人對她有不同的評價，
但是我永遠給她一百分。

東京都葛飾區龜有是人氣動漫《烏龍派出所》的背景，那兒也是我母親從小長大的地方。我小時候，除了柏木五丁目以外，最熟悉的地方就是龜有，因為那兒住著姥姥。她在那兒住了四十多年，我們都順理成章稱她為「龜有的歐巴醬」。

不過，我懂事的時候，她其實才五十出頭，而且是個瀟灑爽快的單身女人。記得她獨居的家，每個星期四晚上，都從淺草請來一位非常肥胖的三味線（日本三弦琴）老師。聽說，她因為太胖，用手擦不到屁股，只好用特製的竹鉗子擦。住在附近的好幾個朋友們，也聚集在姥姥家，大家一起彈琴唱民謠，高高興興地過一個夜晚。「下町」老女人的集會，與其說雅集倒不如說俗集。不過，若在今天，就可叫做十足的「女子會」了。姥姥能瀟灑過日子，是因有經濟基礎：她擁有一棟小公寓，把二樓幾個小單位分別租給幾個人，叫小阿姨一家四口住在一樓當管理員。

雖說屬於東京，葛飾區在首都東北角，過了一條江戶川，就到千葉縣了。

系列喜劇片《男人真命苦》的背景柴又也在葛飾區。位於綾瀨川和中川兩條河流之間，龜有是名副其實徹頭徹尾的「下町」，往四周都看不到一個坡道，平坦到極點。那一帶，到處都是流進東京灣的河流，海拔幾乎零公尺。姥姥的居家不僅直接面對馬路，而且是「四軒長屋」（由四個單位組成的排房）之一單位。從當年日本國鐵（現JR）常磐線的龜有火車站北出口走過去，最先看到姥姥住的單位，隔壁有專門外賣的天麩羅店，再隔著一個單位，長屋的另一端則是小

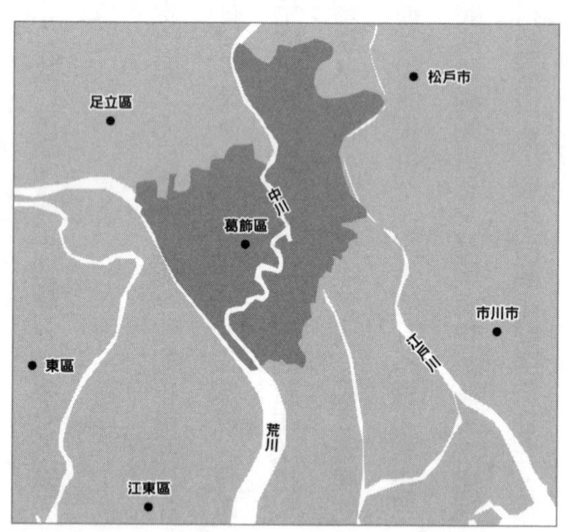

孩子們手裡抓著零錢去光顧的糖果店，姥姥稱之為「飴屋」。

馬路兩邊的「長屋」都是矮人尺碼的兩層高，一樓沿街的部分是一般用來開店鋪的「土間」，當年地面上已鋪著水泥。我懂事的時候，姥姥已經不做生意。聽別人講，她好像曾經在那兒經營過小酒館。按照日本房子的常規，裡屋的地板要抬高一點，脫鞋子上去，就有兩個和式房間、小廚房和後門。二樓也有兩間和室。從二樓窗戶看出去，對面是木屐店，隔條小巷子則有中餐館叫來眾軒。住起來夠舒服，就是廁所不是沖水馬桶的，另外也沒有洗澡間。所以，晚上洗澡，要麼去別人家「借湯」或者去公共浴池洗「錢湯」。我小時候，常常一個人或跟哥哥兩個人，給託在姥姥家住幾天，晚上她帶我們從後門走出去，到斜對面的小學校長井上先生家洗澡。在「下町」龜有的小巷裡，校長家是附近少見的獨門獨戶兩層樓，而且有圍牆，只不過那圍牆緊挨著房子，中間沒有院子罷了。

小阿姨的身世祕密

根據戶籍簿，母親一九三五年十月三十一日，出生在千葉縣小金町，為荒川某某的次女。小金町離龜有十二公里，如今坐常磐線電車，過江戶川，十六分鐘就抵達。在我的記憶裡，那兒是大阿姨家的所在地，她就姓荒川。好像在小學一年級的暑假裡，我在大阿姨家單獨待過一個星期左右。恰逢一九六八年墨西哥奧運會期間，記得我跟大阿姨兩個人吃飯的時候，電視機就播放著開幕典禮。播音員說：「儘管在打仗，仍然派代表團來參加奧運會。」指的是越南。大阿姨家在火車站正對面，開著既賣文具又賣麵包的雜貨店。兩個表姐年紀比我大好幾歲，當時在上高中和大學，跟我互動不多。我對安靜斯文的大姨夫還有點印象，但是完全不記得有老人。

然而，過兩、三年，我都差不多十歲了，有一天傳來了小金町的荒川大爺去世的消息。我當初還以為往生者是大姨夫或者他父親。畢竟，日文的「歐吉桑」一詞是指爺爺、老爺、大爺等等不同關係的老人家。其實不是的。原來，大姨夫是入贅女婿，大阿姨才是荒川家的繼承人。所謂荒川大爺不外是大阿姨的父親，也就是母親的生父，即我的外公。真的假的？假如是真的，怎麼我一直不知道有這位外公呢？連我一個人在小金町待了一個星期的那一次都沒有見過面？真讓人摸不著頭腦。母親猶豫了一陣子以後，告訴我說：

「都三十年了。妳姥姥帶我一個人離開小金町荒川家，跑去龜有另外成家。妳小阿姨是到了龜有以後才出生的，是我的異父妹妹。可是，她自己至今仍不知道這些事情。所以，妳也萬萬不要告訴小阿姨呀。知道了嗎？」

「那小阿姨的父親呢？又去哪兒了？」

「還不是給妳姥姥踢走了。」

那該是一九七〇年代初的事情，因為我記得電視台播放著著名小說家三島由紀夫呼籲日本自衛隊起義，失敗以後割腹自殺（一九七〇年十一月二十五日）的新聞。當時姥姥約莫六十歲，大阿姨四十歲，母親三十五歲，小阿姨二十八歲。據我所知，三姐妹向來有來往。大阿姨每年幾次帶兩個女兒到龜有姥姥家拜訪。小阿姨則經常出入姥姥家。新年期間，大家聚一聚發壓歲錢的場面都有過。怎麼可能一直保守那麼大的祕密？儘管非常奇怪，大祕密當時也沒有透露給小阿姨。荒川大爺去世，大阿姨要求母親放棄繼承財產的權利。母親同意了，並且照樣向我發了既仔細又漫長的牢騷。她是一直把我當情緒垃圾桶的。總之，事情就那樣過去了。

在龜有長屋的家，姥姥一般都坐在一樓後門邊「四疊半」（由四個半榻榻米鋪滿了地板）的和式房間裡，邊喝茶邊看放在她斜對面的電視機，廣告時間到了，站起來去廚房或廁所都只需要兩秒鐘。她的固定位子旁邊有個小櫃子，裝著茶具、零食和自製泡菜、果酒等；上面則放著小佛壇，姥姥每天早晨都上香拜拜。我從小以為那裡有外公的牌位，因為從來沒見過外公其人。荒川大爺去世，我才得知姥姥曾離過婚，也似乎不止一次。但是，小阿姨仍然被蒙在鼓裡。她終於知道自己的身世，是再過十多年，姥姥去世以後的事情。母親很複雜的性格，我估計，至少一部分是來自小時候很複雜的成長環境。

勇敢幽默的姥姥

姥姥一九一一年出生在千葉縣農村，小學只讀了四年，十五歲就跑來東京，投靠先到首都謀生的大哥。母親和小阿姨稱他為「江戶川的歐吉桑」，因為他居住於葛飾區南邊的江戶川區。姥姥年輕時鬧的笑話，我從小聽過很多。例如：還在鄉下的時候，她為自己皮膚黑而特別煩惱，有一天看雜誌刊載的文章說，把無花果的樹液塗在臉上皮膚會變白，於是晚上睡覺以前塗上了很多很多，未料第二天早晨起床，整個臉都起斑疹了。又例如：她剛到江戶川的時候，平生第一次去「錢湯」，土包子女孩不知道洗澡堂的水龍頭是怎麼用的，只好趁別人按了水龍頭，熱水迸出來之際，把自己的洗臉盆推過去「偷」水。

那些故事，很多是姥姥自己告訴我的。能拿自己開玩笑，正合幽默的定義，所以我一直認為姥姥是個非常豁達幽默的人。只是，由母親說起姥姥的故事，總多了一點抹黑的感覺。例如：姥姥在東京待了一陣子以後考到駕照，成為日本第十三名的女性計程車司機；然而，有一天出了事故，給關在「豬箱」（監獄）裡，後來只好改行為公車售票員了。還有，差不多那段時間裡，姥姥回家鄉一趟，打扮成當年最時髦的「摩登女郎」（日文モガ，英文Flapper）模樣，全身白色西式套裝加上大簷帽子，叫老鄉們吃了一驚。可是，俗話都說好事多磨，那天提前來了月事，白色裙子後面給弄成了日本國旗一樣，她只好臨時把裙子回轉一百八十度，並用上衣遮蓋住，裝作若無其事地匆匆搭上了上行火車。

無論從她自己講的故事或者從母親講的閒話，都顯而易見，姥姥年輕時是很勇敢、很活潑的女孩子。記得我小學六年級，姥姥六十出頭的時候，有一天她跟我講過：昭和初年，做公車售票員時，跟司機談戀愛，後來結了婚。對象應該是小金町的荒川大爺吧。由此可見，直到晚年，姥姥還是很開放、正直的人。小阿姨一直說：「歐巴醬樣子雖然很凶，但是肚子裡什麼都沒有。」那跟我對姥姥的印象完全一致。既然如此，曾經三十歲左右時，只帶次女離開第一任丈夫的經歷，她為什麼一直沒有告訴小阿姨呢？她自行離開荒川家，當時大約十歲的大阿姨和五歲的母親都很清楚。後來在龜有出生的小阿姨，對自己的父親沒有記憶，一直以為是老早就去世的。也許姥姥認為，反正前後兩個丈夫都不在身邊，乾脆不講也罷，免得傷害小女兒的感情。

姥姥離開小金町荒川家，搬來龜有住起那排「四軒長屋」，估計是母親五歲，大約一九四〇年的事情。然後，經過太平洋戰爭和後來的復興時期，她在那兒住了四十多年。一九八四年，我去中國大陸留學的前夕，到龜有看姥姥。她叫我帶自製的梅干和醋泡藠頭，因為到了國外難買到日本風味。木造老長屋一直沒有大裝修，到最後都沒有洗澡間也沒有沖水馬桶。一九八〇年代中期，日本出現泡沫經濟，地主要拆掉老房子賣地。兩年以後，我留學期滿，回到日本的時候，姥姥已經搬到小阿姨家去了。那是姥姥自己早年蓋的公寓，在小阿姨家住的地方，順理成章占一個房間。小阿姨家離龜有不很遠，用不著半個鐘頭就到，只是要坐電車，還要中途換車，由老人家們看來稍微麻煩。龜有的老朋友們好像去了一、兩次以後，就不去了。也不難理解：在小阿姨家聊天，不能像龜有例行的「女子會」時那麼自由自在。結果，她跟老鄰居、老朋友們的來往一下子幾乎斷絕。我和妹妹去看她，姥姥變老了，而且顯得很寂寞。那天我們在姥姥的房間過了一夜。沒想到，過了一個月就聽到姥姥的死訊：享年差一個月七十五歲。

據母親說，早一天大阿姨和大表姐去看過姥姥。原來，大阿姨當時五十多歲了，可還不能原諒姥姥曾經放棄幼小的自己。姥姥道歉了，也辯解說：

「情非得已離開妳以後，每年生日都送禮物，一直覺得很對不起，也一直很想念、掛念。」

但是，大阿姨就是不能心平氣和。第二天十月十日是小阿姨四十四歲的生日。恰好是週末，她傍晚出去跟朋友們喝酒。女婿和兩個外孫也很晚才回家。當他們回來的時候，姥姥已經不呼吸了。

那時是一九八六年，日本的父權制度還相當鞏固：孩子一出生就屬於父家，女兒結婚以後則屬於夫家，死後都一樣。那麼，姥姥到底屬於哪個家？她在法律上的姓氏是什麼？給她唸經的和尚，該從誰家的菩提寺請來？該念哪一宗派的佛經？骨灰該放在誰家的墳墓……等等，一大堆問題造成了具體上的麻煩和精神上的打擊。這時候，大家才清楚地知道：離開小金町，姥姥自己辦了離婚，我母親的戶籍卻留在荒川家，直到她跟我父親結婚為止。至於小阿姨，她一出生就隨父姓矢口，但是姥姥本人並沒有入籍。她和我母親在社會上雖通稱矢口，但是在法律上卻是另一回事。小阿姨在姥姥有生之年，一直不知道自己的生父另有家庭。

姥姥的生活圈子裡，長年都有一個叫「矢口歐吉桑」的警官，像親戚也像朋友。姥姥往生以後，小阿姨才曉得，那個人其實是她生父的弟弟，也就是叔叔。

小阿姨說：

「說實在，我小時候聽過有人背後說我母親做小。但是，當年不明白那到底是什麼意思。妳也知道，歐巴醬性格很開朗，也很好強，從不讓我受委屈。所以，我不大介意別人說什麼。至於自己的父親，就當他早已去世，不去想他了。這回才知道，原來我生父年紀輕輕就中風，走動不方便，不能來看我們。可是，他人還不壞，叫自己的弟弟代他來看我們，問問生活上有沒有什麼問題。那就是妳也知道的『矢口歐吉桑』。親戚中有警官，對母女三個人的生活，著實帶來安全感，別人也不敢欺負我們嘛。」

小阿姨一向很愛姥姥，常向她撒嬌。大阿姨就不一樣，她一直不能原諒姥姥，責備她到生命的最後一天。母親則非常矛盾，她一再告訴我，小時候被姥姥多麼凶狠地打罵。小阿姨也很愛她二姐，總是說：

「二姐是優等生，很容易被別人欺負，所以非得由我保護她不可。」

母親對小阿姨也比對誰都愛護。那是姥姥還年輕，她三個女兒都還小的時候，在很複雜的情況下產生並定型的愛情矢量吧。

我懂事以後，在姥姥跟母親之間，沒有發生過公然的衝突。但是，我偶爾會感覺到稍微複雜的氛圍。母親每次分娩或者受傷住院，姥姥都來我們家住一段時間，做飯、打掃、洗衣服、照顧小孩、做父親的下酒菜，樣樣都做。有一次，我年紀比較大了，姥姥向我訴說過母親的不是：

「我叫妳媽媽讀完美容學校，也安排在富士和品川兩家美容院各做一年的實習，然後，給她在王子火車站附近開了美容院。誰料到，她不久就跟東中野壽司店的小伙子相好起來，不好好工作了。我去王子看情形，果然大白天拉下窗簾，她和那小伙子雙雙在睡覺呢。出錢請來的助理女孩沒事幹，翻著雜誌打發時間，叫我急死了。沒有辦法，我直接去東中野跟壽司店的老闆娘說話，叫他們倆結婚。美容院則不幹了。後來，妳父親獨立開印刷廠，但是生意有起伏，有一次差點倒閉。妳母親跑來哭著說，非得馬上付四百萬日圓，否則公司就完蛋了。沒有辦法，我借給她辛辛苦苦存的四百萬日圓。當時的四百萬日圓是很多錢啊，跟現在的四千萬差不多。如果有那四百萬，我晚年過得也輕鬆多了。」

「他們還沒有還那四百萬嗎？」

「沒有啊。妳試試去跟妳媽媽說吧。如果能要回來，我就給妳一百萬，怎麼樣？」

後來，我真的向母親提到了那四百萬日圓的事情。母親哼哼了幾聲，基本上嗤之以鼻就了事。她那樣的態度，我是司空見慣。可是，跟小阿姨心目中的優等生二姐，是否有很大的出入？

受忽視的年幼時光

姥姥也給我講過幾次，我小時候險些喪命的事件：

「妳們小時候，妳爸媽還很年輕，很愛玩，經常開車過來，讓妳和哥哥下車，自己則逃之夭夭。那一次，哥哥大概有四歲了，妳才兩歲，開始走路後不久。哥哥一個人上下我家的樓梯玩，而妳呢，他到哪兒去，妳都要跟著。我就在廚房裡做飯，忽然聽見了妳的大哭聲，一聽就跟平時不一樣。跑過去看，果然妳從二樓滾下來，頭破血流。好像是妳慢慢上樓梯的時候，哥哥已經開始走下來，在中途碰撞的。兩歲的孩子頭破血流，而且是從耳朵出血的樣子，會致命的。我抱上妳，罵了妳哥哥一聲，馬上跑去醫院，到了那兒，就給妳父母打電話。那天他們在東中野，我叫他們馬上過來。可是，過一個鐘頭、兩個鐘頭，他們就是遲遲不來。醫生把妳帶到手術室裡，很長時間都不出來，我一個人在走廊上等，心裡真不是滋味啊。後來，妳父母到達時，天都已經黑了。幸好沒死。叫人不解的是，妳母親終於抵達的時候，竟然抱著很大的洋娃娃，而且是包裝好的。顯然是路上去玩具店買的。如果有時間買洋娃娃，怎麼不趕緊來看受傷的孩子呢？我就是不懂。」

後來，我問過母親，為什麼那天沒有趕到醫院？母親說：

「我以為妳已經死了嘛。」

「死了幹嘛要買洋娃娃呀？」

「太早到了，會看到血腥的場面，不是嗎？太可怕了。」

如今的心理學書，把兒童虐待分成幾種，其中有一種就叫做「忽視」

（neglect），指不給孩子提供必要的照顧，如做飯、洗澡、買衣服，也包括生病、受傷時趕緊帶到醫院去給醫生看。

母親對於幼年的我和兄弟們，常有「沒帶去看醫生」的情形。兩歲的我在龜有，從二樓滾下來，幸好身邊有姥姥，趕緊把我抱去醫院，大夫在我頭部縫了七針。那傷口處後來都不長頭髮，而且小孩子搔癢的結果，更明顯地沒有頭髮。我最早的記憶就是在柏木五丁目的小平房，偷偷地搔傷口，不想被母親看到而挨罵。

我受傷那天，母親收到了消息都遲遲沒趕來，叫姥姥詫異多年。後來，在我成長過程中，不能受到適當的治療而無辜地受罪，最嚴重的是從小學六年級持續了十多年的痛經。因為劇痛，好幾次在通學火車上、教室裡、甚至在外頭餐廳等地方昏迷過去，給救護車送去急診室。有幾次，醫生和學校保健老師告訴母親：

「國立兒童醫院有婦女科，可以看痛經。」

但是，每次母親都私下跟我說：

「誰要去婦女科，對不對？」

我二十四歲時，在廣州中山大學留學生樓，吃了過多安眠藥昏迷，送去醫院搶救；學校當局通過日本外交部聯繫我父母。但是，他們都沒來看我。直到今天，當我講到自身的疾病，母親都裝沒聽到。我早已不是兒童了，能夠自己去醫院，只是跟當年的姥姥一樣感到詫異而已。問母親其所以然，得到的答案，頂多是：「太可怕了。」於是我估計，她性格主要是懦弱。

我永遠給姥姥一百分

姥姥身後留下的遺產，基本上只有小阿姨家住的那棟房子。三個異父姐妹在法律上有平等的繼承權。大阿姨主張應該平均分配。她小時候沒有獲得母愛，現在姥姥去世了，至少要獲得遺產才算公平。但房子是不動產，而且有小阿姨一家四口住著呢，到底怎麼分配才行？於是我母親又一次被環境所迫放棄了繼承權。

小阿姨則為了繼續住姥姥蓋的房子，只好付給大阿姨現金。交涉過程中請求法院調解，雖然不至於打官司，但是感情還是破裂了。大阿姨和兩個妹妹，從此幾乎斷絕了來往。姥姥的葬禮以後，我都沒機會再見到兩個表姐了。

我認識的姥姥，從五十幾到七十多歲，每天都穿著暗色的和服，一點都不花稍，很難相信她曾經是打扮得很時髦的「摩登女郎」，也不容易想像她曾經在戀愛方面很活潑積極。同時，她的頭髮卻永遠染得黑油油，每天自己綰髮髻，還是滿關心外表的。只有她去香港和上海兩次海外旅行的時候，在旅行社的建議下，才穿上了西式連衣裙。上海、江南五天遊那一次，她跟我父母弟妹共五個人報名參加旅遊團。我則在中國留學，趕到上海機場去跟他們會合，陪團一起旅遊了上海、蘇州、杭州。記得在上海機場走下飛機的姥姥，臉上塗防曬乳塗得白白的。

「大家都說上海很熱，我不要曬黑嘛。」

「姥姥，上海很熱，但又不是海灘啊。」

我於是想起她小時候在臉上塗無花果樹液起斑疹的插曲。姥姥就是有那樣天然的幽默感，叫人多年後想起來還哭笑不得。

還有，她親手做的一些飯菜，也叫人過很多年以後還很懷念。我哥哥對姥姥來說是第一個外孫，感情自然有點特別。他想念姥姥曾用中式炒菜鍋給他做的咖哩飯，不知為何始終盛在天藍色四角陶碗裡。

我則記得，有一次姥姥來我們家幫忙，做了一鍋海帶味噌湯。可是，舀進碗裡的時候，只有在哥哥那碗的海帶下，她偷偷地隱藏了個雞蛋，算是給小男孩的祕密禮物吧。當被我發現之際，她臉上浮現的表情，既不好意思又有點冤枉似的，總之令人覺得很好笑。

對了，我去中國留學前夕，她叫我帶的梅干和醋泡蕌頭都鬧了笑話。那晚，離開姥姥家以後，我去了六本木一家舞廳赴約。當年東京的迪斯可舞廳，門口有穿著黑色西裝的小伙子，要檢查一下客人的服裝，如果著裝不整齊就不讓進的。

那晚，我的服裝沒有問題，攜帶品卻散發著異味。黑服小伙子皺著眉頭問我是什麼東西？我老老實實地回答，結果人家的眉頭皺得更緊了，真好笑。

姥姥雖然偏愛哥哥，其實對我也滿不錯的。我出生後的第一個桃花節，她就送我一套手工木造「雛人形」（宮廷人物娃娃），我至今每年初春都一定拿出來擺設。另外，我的七五三儀式和成人式的時候，她都特地訂做了絲綢和服。從前我以為理所當然，後來自己長大了才明白，其實很不容易，除了花費以外，給一個又一個外孫花的心思，並不是所有外祖母都能付出的。

我小時候得到的母愛，也許跟龜有的海拔差不多，幸好有姥姥。即使在親戚圈子裡，顯然不同的人對她有不同的評價，但是我永遠給她一百分。姥姥在我腦海裡和心中留下的很多幽默故事以及溫暖回憶，在我遭遇人生難處的時候，曾真的起了繼續前進的燃料作用。還有，十五歲的她那麼勇敢地從鄉下跑來東京，學開車、做司機，還坐牢、談戀愛、結婚又離婚等等經歷，當青春期的外孫女單槍匹馬闖世界之際，不僅常拿來當指南針，而且成了無比強的護身符呢。

記得在上海機場走下飛機的姥姥，臉上塗防曬乳塗得白白的。
姥姥：「大家都說上海很熱，我不要曬黑嘛。」
我：「姥姥，上海很熱，但又不是海灘啊。」
我於是想起她小時候在臉上塗無花果樹液起斑疹的插曲。
姥姥就是有那樣天然的幽默感，
叫人多年後想起來還哭笑不得。

第四章

沼袋一丁目的滄海桑田

大約二十歲的時候，我就立志：
自己一定要過不被劣等感折磨的人生。
為此我需要受良好的教育，
也需要到廣大世界去。

日語有個詞叫「都落」（みやこおち），日中詞典說是「逃離京城，搬到鄉下」的意思，個中明顯有「失敗、降格、左遷」的含義。小學六年級的夏天，第一次坐西武新宿線到新房子去的時候，我平生第一次嘗到了「都落」的味道。新房子在東京都中野區沼袋一丁目，離西武新宿線沼袋車站走路五分鐘的地方。沼袋是離開起點西武新宿站以後，經過高田馬場、下落合、中井、新井藥師前之後抵達的第六個站，所需時間僅僅十一分鐘而已。無論從什麼角度來講，該屬於東京中心區。然而，我的印象可不同。

我之前常坐的檸檬色JR總武線、橙色中央線，抑或去姥姥家時坐的青豆色山手線、巧克力色常磐線，軌道兩邊都有公路。有時候寬，有時候窄，但總是有被媽媽、阿婆背著的小朋友們，從柵欄外向飛駛的電車揮手。那給車上的駕駛員、列車長，甚至普通乘客如我，帶來很光榮的感覺，好比電車是高級的交通工具，要載乘客們往廣大的世界去。也不無理由。向電車揮手的小朋友們，只有自己的兩條腿和媽媽、阿婆的後背才是能用的交通工具。過幾年，他們將學會騎自行車，下課以後跟同學們出去闖世界，然後上了中學，才會拿月票上電車開始去離家很遠的地方。

西武新宿線雖然是鐵路，但在軌道兩邊，很多地方都沒有公路，而柵欄直接面對著民房的後牆。所以，站在西武的車廂裡，乘客們只看得到別人家陽台上晾曬的衣服，包括內衣、襪子。再說，只在起點西武新宿和高田馬場兩個站之間，鐵路才是高架的，接下來都建在地面上。結果，電車每幾分鐘都需要經過平交道，叫乘客們非得重複地看到行人們很不耐煩的表情。

在東京，原先屬於國有的ＪＲ各路線和民間企業營運的私鐵，不僅在人們心目中而且在廣大社會上的地位都是一高一低，因為凡事「官高民低」為帝都的常理。其實這一點，到了日本第二大城市大阪就不同了。我在早稻田大學時的老同學原武史，現為放送大學教授，曾寫過一本《「民都」大阪對「帝都」東京》，書中比較兩地國鐵和私鐵的相對地位，以此獲得了一九九八年的三得利學藝獎。

可那是我們大學畢業十多年以後的事情。平生第一次坐西武新宿線的小學六年級夏天，我根本不曉得其所以然。一方面被強烈的「都落」感所襲擊，另一方面則被狐狸迷住了似的極其想不通。

沼袋一丁目的文化住宅

我極其想不通，因為那完全出乎我意料。沼袋一丁目的房子，本來屬於律師渡邊先生。在日本，律師跟學校教師、醫師、國會議員一樣，是少數被尊稱為「先生」的職業之一。雖然小孩子不懂律師究竟做什麼樣的工作，但是從父母的口氣，就能聽出來他是高高在上的人。再說，早些時候，父親也帶我們去沼袋一丁目拜訪過渡邊先生。那房子跟我們在柏木五丁目住的簡便平房、姥姥在龜有五丁目住的「四軒長屋」都不一樣，是昭和初年曾風靡一時的「文化住宅」。就像中島京子的直木賞作品，後來給山田洋次搬上銀幕的《東京小屋的回憶》那樣，是和洋折衷走摩登路線的木造兩層樓，餐廳和會客室都具備著西式家具，還以一台鋼琴畫龍點睛。連渡邊先生家的小朋友，跟我同歲的男孩子房間，都有塗抹了灰漿的白牆和紅酒色的地毯，以及帶磨砂玻璃拉門的壁櫥，簡直像從西洋童話書裡取出來一般，與其說豪華，倒不如說高貴，足夠叫我羨慕死的。

然而，外觀和實情之間，原來有差距。首先，那位渡邊先生儘管是優秀的律師，可不是單純的好人。他一度把我父親開的公司從經濟危機救出來，但是在過程中，自己賺了額外多的錢，叫父親事後覺得受騙、被利用。那一次的經驗，使父親深信，世上最能占便宜的職業非律師莫屬。

於是，幾年後，我上大學之際，他希望我考法學院，畢業後做律師，以便替他報復不公平的社會。俗話說，愛屋及烏。日文說，討厭和尚連袈裟都可恨。總之，原屋主渡邊先生的形象滑落以後，似乎房子本身都失去了原有的光環。把房子買下來的時候，父親跟渡邊先生的關係已經惡化，父母忽而覺得西武新宿沿線的沼袋，沒有中央・總武沿線的柏木五丁目方便，於是決定先叫小叔一家人過來住一段時間。他是父親最小的弟弟，在一所醫院當職員，叔母則是護士，三個女兒都比我小，當時分別上小學和托兒所。

這一安排，由父母看來，是讓小叔一家人免費住大房子，是出於好意對弟弟的優待。未料，由小叔夫婦看來，卻是被哥哥逼迫當上無工資的管理員。過些時候，當我們家終於要住進去之際，小叔夫婦不懂得匆匆找房子搬出去，而且得找幼小孩子的托兒所等，結果弄得不高興，簡直被哥哥嫂嫂欺負了似的。父母方面，又不能體貼弟弟、弟媳的感受。總之，因為那棟房子，兄弟關係一時相當彆扭。

我作為長女，從小當母親的情緒垃圾桶。凡是不愉快的事情，她都習慣性地向我一一訴說。例如：

「你那小叔上大學，學費是你爸繳的。誰料到他自行退學，辜負了你爸對他的善意。」

對於父親，她不想說婆家人的壞話而惹他生氣。對於哥哥，她不要抹黑自己的形象。在我下邊的弟弟、妹妹，母親覺得還太小不懂事。結果，一切難聽的話，她都要灌進我耳朵裡。沼袋一丁目的房子本來是好好的。後來，發生了一連串問題，似乎一切都褪了色。但是，萬萬沒想到，連軌道兩邊的景色都這麼差勁。

後來我得知，其實東京很多私鐵沿線的面貌，也跟西武新宿線差不多。不像ＪＲ的軌道堂堂正正建在社區的正中央，私鐵軌道往往像要迴避人們的視線似的建在社區的後面。若說ＪＲ是太陽，私鐵則是月亮。即使是貫穿杉並區、世田谷區等高級住宅區，連結澀谷和吉祥寺兩個鬧區的京王井之頭線電車也都在兩排矮小民房之間，搖搖晃晃行駛的。不像ＪＲ車站前有大規模的商場或商店街，私鐵車站前往往只有幾家小店。要到大商場購物的話，則得坐巴士或騎自行車去ＪＲ車站前，例如當沼袋居民要買稍微特別的東西，如送人的禮物等，就去距離兩公里的中央線中野車站附近看貨色。

搬進了沼袋一丁目的房子以後，我們家第一次過起「山手」人的生活來了。房子有外門，旁邊種著迎客松樹，走廊外有小庭園。房子本身就標誌著裡面住的應該是有地位的人。果然，我們搬進去以後沒幾天，隔壁公寓的年輕主婦過來跟母親說：「如果太太需要幫手的話，打掃、洗衣服我都很願意。」一樣叫人吃驚的是，那一帶也每天上午都出現各家商店跑外務的小伙子。他們是鮮魚店、蔬果店、酒店、乾洗店等等的推銷員，按下門鈴問：「貴府今天有什麼需要的嗎？」那種跑外務的，我之前只在電視卡通劇《海螺小姐》裡看過。

「山手」住宅區出現外務員，因為附近商店少、坡道多，總之買東西不大方便，更何況是深宅的女主人。年輕力壯的小伙子們，要麼騎自行車或騎機車過來徵詢訂貨，然後過兩個鐘頭再來送貨，也不忘記一定走直接通往廚房的後門。那樣子，太太們一方面能省下買菜的時間、麻煩和體力，另一方面就得付出代價了。跟外務員打交道，花費就一定多了。

母親體會到這個道理以後，繼續打交道的只剩下酒店外務員的了，因為他會送來一箱一箱滿重的玻璃瓶裝麒麟啤酒。記得他是三河屋酒店老闆遠親的小伙子，十八歲就從原三河國（現愛知縣）到首都東京，住宿於酒店，工作到差不多三十歲，就在老闆的安排下相親、結婚，回家鄉三河，聽說在那邊開了一家屬於自己的酒店。

沼袋一丁目的「文化住宅」，玄關設在西式會客室外。所以，一開門就看到沙發、茶几、裝著洋酒瓶的櫥櫃，而且也有渡邊先生家留下的鋼琴，簡直像是美國電視劇裡的房子。再開門進去則有通道，左邊是餐廳和廚房，右邊是白牆紅地毯的西式房間、八疊榻榻米的和式房間，到頭則是洗澡間。上樓梯到二樓，就有三個和式房間和晾曬衣服的陽台。我們家是一九七二年搬進那房子的。當時，外牆塗上的油漆已經乾得剝落，顯然不是近期蓋的，很有可能是太平洋戰爭以前的一九三〇年代所建。

東京所謂的「文化住宅」是從一九二二年在上野公園舉行的和平紀念東京博覽會上展出的十四棟樣品屋開始。當時日本隨著工業化而發生大城市空氣品質低落的現象，要從英國引進「田園城市」的概念，「文化住宅」就是設計家認為適合在郊區建築的近代和洋折衷式房子。未料翌年發生關東大地震，舊市區遭破壞，導致災民搬到西郊、南郊去重建生活。沼袋位於東京西郊，估計當時就是為高等災民蓋了「文化住宅」的。至今將近一百年，東京幾乎看不到「文化住宅」；許多都在太平洋戰爭末期被美國戰鬥機燒毀，倖存的一部分，包括我家住的那一棟，也在一九七〇、八〇年代改建了。所以，當今日本網路上只好解釋說：「『文化住宅』就像宮崎駿的動畫作品《龍貓》裡的房子那樣。」實際上，台灣日據時期的台北昭和町大學住宅，也就是如今的和平東路、青田街、永康街一帶留下的「日本房子」，倒呈現當年「文化住宅」的特點。李安導演《飲食男女》中朱家住的房子可以說是其中的佳品，楊德昌導演《牯嶺街少年殺人事件》中小四的家則是普及版本。

在柏木五丁目，我夜裡睡在雙層床上邊。搬進沼袋一丁目以後，哥哥和我各自分到了二樓的和式房間，於是把雙層床拆開，一半屬於哥哥，另一半則屬於我。樓上的三個房間是相連結而呈L字形的。哥哥占了北邊最大附設壁龕的房間，我則占了東南邊靠陽台的一間。去哪邊都得經過中間的房間；那裡設置了另一張雙層床，大弟弟睡在上面，妹妹睡在下面。最小的弟弟，當初還睡在娃娃床，乃放在樓下那個白牆紅地毯房間；父母則在一樓盡頭的和式房間鋪被褥睡。

在明治維新以後的日本，衣食住行各方面的近代化、現代化就等同於西化。太平洋戰爭結束，國家復興以後，一般先在孩子的房間裡擺設西式家具。我們小時候，電視上經常播放著「學習机」（學童書桌）的廣告。那是用合金做的書桌，上面附書架以外，還附檯燈、電鐘、筆筒、溫度計等騙小孩的玩意兒。果然價格貴得驚人。可是，孩子看了廣告一定想要，做父母的則為了寶貝肯付出本來根本付不起的錢。

結果，在一九六〇、七〇年代的日本，只要是生活到了小康水平的家，都會給孩子買一張床、一張學童書桌、一個書架、一個衣櫃。我家也算是小康之家，然而孩子多，人均下來就不小康了。父親不知去了哪裡的批發商，買來了五張不帶附屬品的裸書桌。

雖然沒有電視廣告裡的那麼花稍好看，但是考慮到母親的性格，鬧脾氣也沒有用。總之，在榻榻米地板上，擺放了半張雙層床、一張裸書桌和書架、衣櫃，我感覺幸福到七、八成。哥哥房間的擺設也差不多，只是他把書桌設在壁龕裡了。按照日本傳統，壁龕是以掛軸、插花來裝飾的地方，嚴禁進入的。

可是，我家文化水平不高，當時念國中的哥哥，更是凡事要破壞老規矩的搖滾分子，恐怕連觸犯了忌諱的意識都沒有。跟牯嶺街的小四一家人，把壁櫃當床睡而不覺得有什麼不妥當一樣。但我們是日本人啊。

剛搬到沼袋一丁目的時期，對我家來說，算是相當平和的日子。我從小嚮往彈鋼琴，可是家裡只有買電風琴的錢。

這回我每天放學回家，就到會客室去自己練琴，一邊試彈在學校聽過其他同學彈的布爾格彌勒作品〈阿拉貝斯克〉、法國輕音樂大師保羅・莫里哀的〈藍色的愛〉等，一邊幻想自己其實是上流家庭的千金。

過兩年，我讀國二，哥哥讀高一那年，父親的公司倒閉，關掉了雇用雙位數員工的印刷廠。不幸中的幸運是保住了承包出版算盤、簿記教材和審定考卷的長期契約。這之前，母親基本上是家庭主婦。然而，面對全家危機，她就踴躍上陣，馬上把會客室改造為辦公室，也在小庭園裡蓋了保管商品的倉庫。父親每天出去跟審定協會及其成員學校聯繫。以前在公司裡由女職員接的訂貨電話和書信，這回改由母親在客廳辦公室裡處理，然後她在倉庫裡弄成包裹寄出去。當時，每天傍晚定時有佐川快遞的卡車司機來取貨，稍晚則去沼袋郵局的儲蓄課，向職員久野先生領取當天用掛號寄來的現金，馬上存款。

父親對大型印刷機器情有獨鍾，但是工廠用的機器即使出租也非常貴，那就是公司倒閉的原因之一。母親恨死倒楣的笨機器，於是把印刷業務全部都轉包出去，也省卻職員工資，把公司的收入整數存到最後一分錢。所以，我們享受到「文化住宅」生活的時間不長。

我彈著鋼琴夢遊仙境的會客室變成了辦公室，本來有樹有花的小庭園被預製板裝配式的倉庫占領，雖然我也明白餬口還債的必要，可是生活中本來就只有一點點的美被海嘯沖走般的消失，心裡不能不感覺疼痛。

中文有古語說：倉廩實則知禮節，衣食足則知榮辱。記得那段時間裡，母親說話措詞變得越來越粗俗。也就是在那段時間裡，父母之間的關係發生了根本性的變化，因為誰也不能否定母親能幹。公司剛倒閉時，小阿姨哭著打電話過來說：「不要叫老大輟學啊！我會出去打工替他付學費呢！」結果，哥哥不僅沒有輟學，而且過兩年畢業以後，加入父母的公司，還作為父母對孝順兒子的獎勵，收到了一輛二手跑車。

父親開的公司最初叫新井印刷，後來改稱英光印刷，最後叫英光社。新井是姓，英光則是父親的名字。英光社的歷史就從沼袋一丁目原「文化住宅」的會客室開始的。社長一貫是父親，可那個時候，母親作為專務董事加盟，從此成了公司的第二把手，也牢牢抓住了會計業務。當時母親把公司的收入存在個人名義的郵局儲蓄戶頭，而在三年內存了足夠重建房子的數目。父親主張：如果有錢蓋房子，那麼先要蓋公司的，畢竟錢是公司賺來的。母親卻堅定說：還是先重建家庭住房，因為有穩固的生活基礎，才能經營公司。這時候，存摺已在母親手中，父親拿她沒有辦法。不管表面上誰的地位高誰的地位低，誰控制經濟誰就擁有實際權力。

一九七九年，從律師渡邊先生那裡買下的「文化住宅」徹底拆掉，重建期間，全家臨時搬進附近的公寓。那公寓叫做北島Mansion，該是房東姓北島所致，而這時候不僅我們小孩，連父母都平生第一次住公寓。在日本，公寓（Apartment）的歷史也是從一九二三年關東大地震後的復興住宅開始的。為防災起見，用耐火水泥蓋的共同住宅，以同潤會公寓為鼻祖，而保存為最後一棟的同潤會青山公寓，如今翻身為安藤忠雄設計的表參道Hills商場之一部分。幸好，在小津安二郎導演戰前的作品，如《我出生了，但……》（一九三二年）裡，我們能看到「文化住宅」；在他戰後的作品，如原節子和笠智眾主演的《東京物語》裡，則能看到東京最早期的公寓。在後者，年輕寡婦紀子招待已故丈夫父母的寓所，就是只有一間房的公寓單位。紀子是在東京中心區的貿易行上班的職業婦女，社會地位該屬中上。

當初相對高檔的公寓，逐漸變得普及化。過了五十年，已經變成了給大學生、年輕領薪族等單身人士或者新婚夫妻住，房租合理的地方。一般是木造兩層樓，外牆則用砂漿塗裝，各單位裡只有一、兩個和式房間、小廚房和廁所，如果有洗澡間那就算是高級的了。就在那個時候，房地產行業又推出再高人一等的新式公寓來，而這回稱之為Mansion。

記得我們在柏木五丁目住的時候，附近蓋成了外牆塗裝得像鮮奶油蛋糕，整體形象似灰姑娘去參加舞會的西方城堡，而且破天荒地高達十層的大廈，就叫做「ＶＩＰ柏木 Mansion」。那到底是什麼意思，連父母都不懂，可一定是很貴、很高級的，要不怎麼會有那麼一聽就覺得高級的名字？不像以前的公寓都安分地叫做「某某莊」。

那棟「VIP柏木 Mansion」，果然是唯獨有錢人才住得起的；在我朋友當中，只有國中一個同學住那裡。聽說她父親是很有錢的韓國人，母親則是從前在銀座高級酒店工作的時候給他看上的。那是我母親不知從哪裡聽來的閒話。她還邊告訴我邊用手勢在自己的臉上劃一刀，意思是說：同學的父親屬於黑社會。

後來的十年裡，Mansion也越來越多，越來越平民化。可是，搬進北島Mansion的時候，我們全家都很興奮。

「只有一把鑰匙，鎖住了就能出去，多方便呀。」母親說。當年在日本推銷Mansion，最常用的廣告文案就是那一句話。住在獨門獨戶的房子，無論多麼小，多麼破舊，一般都有前門、後門和幾個窗戶，給賊提供很多選擇從哪裡溜進去。但是，住在高樓大廈，給賊的選擇太有限了，只有一個前門嘛，而且是鐵做的，多麼結實安全。

我們家在北島Mansion租的單位，有三個小房間和一個餐廳兼廚房。那就是日本所謂的３ＤＫ（三房加 Dining Kitchen），總面積大概六十多平方米，即不到二十坪，以日本標準不算小，但是對一家七口來講實在太小了。當年，一九八〇年左右，東京Mansion的單位大多是類似大小的３ＤＫ。戰後日本社會，越來越多的是年輕父母和兩個孩子組成的核心家庭，正符合住３ＤＫ的。只是，我們家有五個小孩，比平均多出了三口。之前在沼袋一丁目的「文化住宅」，七口睡了五個房間。這回在北島Mansion，得擠在三個房間睡了。

怎麼分？似乎只好按輩分和性別了：父母睡一個房間；哥哥和兩個弟弟睡一個房間；我和妹妹睡一個房間。那年，哥哥二十歲，身高有一百八十公分；大弟十三歲，是名柔道選手；小弟九歲，也是班上的身高第一名。他們擠在六疊榻榻米的房間，晚上鋪被褥睡夠辛苦；何況那裡還有衣櫃、書架、書桌。大家憧憬的洋家具笨重，占地方。相比之下，我和妹妹那間能放張雙層床，條件好多了。只是，我讀高中三年級，過幾個月就要考大學；跟妹妹同住的房間裡，有空間睡，但是沒有空間讀書溫習。

這個時候，又來一次「好事多磨」：母親患上胃潰瘍，住院開刀。她早就有十二指腸潰瘍的老毛病，但是靠吃藥、忍痛，繼續上班。當時，父母的公司從「文化住宅」的會客室辦公室和庭園倉庫，已搬到東中野朝日壽司店的隔壁二樓。父母早年在那裡開過叫Cusenier的酒吧。後來不知道給誰占用了。當時恰好空著，父母趁機用來當辦公室，未料引起了家庭糾紛。東中野朝日壽司以及隔壁的土地，爺爺奶奶本來只有租地權。父親當壽司店廚師的時候，把土地買了下來，產權歸新井家族所有。只是，正如在國家和國家之間，領土問題容易帶來火藥味，在兄弟姐妹之間，房產問題也容易成為矛盾的焦點。

母親一貫說父親是好人，做事全為整體家族好，就是眾伯伯叔叔大小姑姑們既沒本事又多疑。我不知道事實如何。總之，天天被別人以白眼看著，母親感到精神壓力太大，正在上班的時候突然胃穿孔，直接被送到醫院動手術了。醫生一口氣去掉她三分之二的胃，並且說：幸虧不是癌症。但是，由於之前長期過勞，母親手術後的恢復非常慢，前後住院整整一個月。那是一九七九年的深秋，離我考大學的日子，只有兩、三個月了。本來，學習環境已很差，如今又加上母親住院不在家。她進入手術室之前，抓住我的手，小聲卻明確地說道：

「別告訴妳父親存摺在哪裡，知道了吧？」

但是，她並沒有告訴我存摺在哪裡。

父親和哥哥照舊要天天上班。母親住院雖然不必家人陪，可是每天總有東西要送去。於是我放學以後就直接去醫院看她。還好，家裡的事情有姥姥從龜有過來幫忙。可是，北島Mansion太小了，她只好跟三個孫子住一個房間，那樣子連舒舒服服躺下來的地方都沒有。再說，姥姥要伺候早出晚歸的父親、哥哥以及不同時間上課、下課的四個孩子。果然，誰的臉上都沒有了笑容。

後來很多年，我都被大家責備，當時沒有盡到家庭責任。他們說得有道理，十七歲的大姐在那個情況下，應該主動協助姥姥做家務才對。但是，我沒有。除了有功課要做，也得去醫院看母親以外，還忙著在兩個男同學之間周旋，扮演三角戀的女主角。

年輕時，戀愛會是逃避現實的一條途徑，我那時候不想面對的現實，就是擁擠不堪的北島Mansion。我家七口以及姥姥，平時的人際關係就很彆扭。母親對外人、對父親都有說有笑。對哥哥也有吧。對我呢，就是沒有。

對下面三個孩子，也始終不多。母親也習慣性地在一個孩子面前說另一個孩子的壞話，以鞏固自己對大家的「分割與控制」（divide and rule）。總而言之，母親忽然不在了以後，留下的我們不知道彼此怎樣溝通才好。

母親存到了足夠的錢重蓋房子以後，每個週末都跟父親去不同住房公司看樣品屋比較比較。最後他們決定請建築師棚橋先生來為我們家畫設計圖。他是隔壁奧空家太太的親戚。請他承包設計，較能方便協調跟鄰家的地緣關係。為了蓋新房，父母去法務局看土地登記書，才發現：從我們家到公路，非得經過的小巷子，原來屬於奧空家的土地。如果，蓋新房以前，要買下那塊土地的話，就要超出預算了。於是請棚橋設計師出面和解。

新房子將會是什麼樣子？和洋折衷的「文化住宅」早已不流行了。要蓋的是日本式的洋房。在玄關脫鞋上去，餐廳、客廳以及個人房間，基本上都是西式的，要放置洋家具生活。只有父母的臥房和給姥姥住的房間要鋪榻榻米地板。五個孩子的房間，都有固定衣櫃、書架、儲物櫃。至於壁紙和地毯，則可以選擇自己喜歡的。

我對老「文化住宅」一樓的白牆紅地毯房間情有獨鍾。所以，為自己的新房間也選擇了同樣組合。哥哥選擇了印有大森林景色的壁紙，一走進去就能洗森林浴似的。兩個弟弟還沒有主見，母親隨便選了最普通的花樣。可憐的是妹妹，小學女生選擇了印有很多小魚兒的壁紙和素藍色的組合，簡直身在水族館一樣；當初還覺得有趣，幾年下來她都不知道要埋怨誰了。另外，母親還要選擇餐廳、客廳、廚房、洗澡間、樓上樓下兩個廁所、走廊等每個地方的壁紙和天花板、地板的材料。考慮到她同時也上班、做家務、應付不友善的親戚等等，合計起來的精神壓力，果然足夠導致胃穿孔。

這時候，父親在做什麼呢？他覺得新房子的院子裡要有水池以便養鯉魚，所以一有空就自己拿鐵鍬往土裡挖洞。然而，母親一住院，他就不知道從哪裡得知院子裡挖洞會傷女主人的健康，於是又匆匆復填了剛挖過一半的洞穴。接著，他開始每個週末都去東京附近以許願靈驗著名的寺廟，替母親祈禱早日康復。就在那段時間裡，他培養了每天早上拜神拜佛的習慣。

母親終於出院以後，回到的地方還是北島Mansion。父母在這輩子裡，唯一住過的公寓就是那棟水泥建築。姥姥終於鬆口氣回到龜有去了。母親則在家裡休息幾天以後，又開始上班了。她向我小聲卻明確地說道：

「這段時間，公司虧本太厲害了。」

父親、哥哥都做事，但是有母親掌握著會計，公司才能盈利。

人生最艱苦的一段

一九八〇年初，新房子竣工，我們搬回沼袋一丁目去了。不久，我考大學而名落孫山，在新房子的第一年，我都穿著上下連身的工裝牛仔褲，上了代代木的補習學校。失去了對自己外貌的興趣，一年裡竟胖了十公斤。幸虧，第二年春天就被第二志願的早稻田大學政治經濟學部政治學系錄取，好歹做了大學生。開學之前，我去中野百老匯商店街裡的化妝品店，平生第一次買了一套化妝品。化妝程序複雜得一下子無法記住，所以請老闆娘寫下來以便回家後複習。可是，回到家打開紙袋，找不出那紙片來了，於是打電話去問，對方可能正忙著吧，以很冷淡的語氣說：

「這邊沒有啊，妳再好好找，行不行？」

過幾天，我收到了她寄來的道歉信。原來，紙片還是在店裡的。遲來的道歉沒能改善我的情緒。因為看到我化妝的樣子，母親和哥哥照樣嗤之以鼻，嘲笑了一番。

說實話，我對新房子和大學都沒有美好的回憶。也許是正處於人生最艱苦的一段，青春期所致吧。新房子的西式房間有西式的門，關上了以後，隔音效果很好，令人覺得加倍孤獨。在家、在學校，我都覺得自己很假。猶如太宰治小說《人間失格》的主人公，自我意識過剩是古今中外年輕人的通病。比較麻煩的是，我對政治學提不起興趣來。唯一喜歡的是每週兩次的第二外語漢語課。所以，不久便開始上日中學院夜間部。對那裡的老師和同學，我都覺得比較親近。

搬到了新家以後，父母開始常開家庭派對。最早是給孩子過的生日派對，後來派對本身成了主要目的。尤其對父親來說，開派對是畢生的愛好。他早晨去鮮魚市場採購，把大量的生魚買回來，在家裡做壽司請親朋好友吃。父親為此不僅訂做了繡著「新井壽司」的號衣，而且訂做了專門用來做壽司的吧檯，乃下面附設著放冰塊來冷藏生魚的玻璃櫃。

在日本，人人都愛吃壽司，人人都能吃得很多。聽說哪裡有壽司可以免費吃，很多人不怕遠路願意捧場，因為難得有機會吃壽司吃到飽。我在早稻田大學、日中學院的老師、學長、同學們，很多都來我家吃過父親做的壽司。另外，母親也用專業尺寸的方鍋做大量的關東煮，簡直像往後便利商店收銀機旁邊賣的那樣，果然也很受歡迎。

有一次數一數，宴客總數竟多達了七十多位，可說是日本少見的奇觀。我父親原先是職業壽司師傅，客人越多他越高興，而且在自己家裡請客，即使以壽司為主菜，花費絕對沒有別人想像得那麼多，CP值滿高的。

我至今仍覺得很奇怪，那麼高高興興地吃喝玩樂的學長們，卻很多都悄悄地告訴我說：

「妳該快點離開這個家。在這個家庭裡，只有妳一個很不一樣。還是盡快離開吧。」

不止一個，而且有好幾個人，都那樣告訴我。他們到底看到了什麼？屋頂上飄揚的日本國旗，別人會以為是右翼思想的象徵。只是由我看來，倒是劣等感的表現，正如世界很多地方的右翼分子一樣。

當年日本的知識界基本上都屬於左派，何況以「日中友好」為綱領的日中學院師生們。人家注意到的是政見對立嗎？恐怕是在於更深一層的怨恨之類吧。我父母以及哥哥都沒有讀過大學，雖然經濟上逐漸從下層爬到中層了，可還是被劣等感折磨。

我請來的朋友們都屬於知識分子，大概從我父母、哥哥的口氣裡聽到了嚴重的階級憎恨。例如，父親堅決反對用稅金為收垃圾的工人蓋浴池。又例如，父親公然贊成要旅日外國人登記拇指印。都是中下層人士出於無力感，要嚴厲對待弱勢族群的表現。值得一提的是，平時常跟父親作對的哥哥這個時候倒大聲說：

「我也這麼想。」

叫我的客人們搖頭而說不出話。

大約二十歲的時候，我就立志：自己一定要過不被劣等感折磨的人生。為此我需要受良好的教育，也需要到廣大世界去。

「在這個家庭裡，只有妳一個很不一樣。還是盡快離開吧。」

我上高等學府，最早最大的回報就是學長們給我的誠懇建議。

別人是看不到的，但是在我腦海裡，
有太平洋，也有大西洋。
耳邊常聽到澎湃洶湧的波濤聲音。
我忘了打從什麼時候開始，
一直覺得母國日本其實只是世界的一個角落，
母語日語其實只是世上眾多語言之一。

第五章

孝子的獎牌

「美」跟愛與自由是連在一起的。
哥哥這輩子沒有離開過父母，
開車出去，開車回來，
放棄自由而換來的是一枚獎牌，
上面寫著：孝子。

我最喜歡的中文詞是「漂亮」。據說，公元前的中國人把絲綢在清水裡漂洗，看到光線明亮地反射的樣子，覺得非常美，之後便用「漂亮」兩個字來表示美麗的意思。我之所以喜歡「漂亮」這個詞，是因為它所描繪的，跟我們從遠處看到心愛之人的時候，眼前出現的景象一樣：世上有那麼多人，但是光是親愛的人在的地方就顯得那麼亮。換句話說，把物理現象和心靈作用，視覺和感情連結起來，並以兩個方塊字表達出來的詞，就是「漂亮」。多棒。

小時候，我的生活好似老有陰影籠罩著，很少看到明亮的光線。那陰鬱的氛圍是母親製造的。我估計，在大多數家庭裡，都是主婦來決定氣氛基調。有開朗母親的家會有開朗的氣氛；如果母親心情陰鬱，那麼整個家庭也不由得陰鬱起來。然而，小孩子的生活經驗有限，視角也很狹窄，見識也少得可憐，結果過著井底之蛙的日子，都不知道自己所在的水井居然跟別人家的不一樣。

母親的性格好複雜，很難以一句概括。不過，我長大後學英文，知道了有一個習慣用法說：「hard to please」（難以取悅），當下就覺得這的確是母親性格的一個特徵。從小，年復一年，我和兄妹弟弟們，都忠實地為母親的生日、母親節、父母的結婚紀念日，準備了禮物。可是，無論送什麼東西，買菜用的藤籃、紅色睡衣、西班牙產甜酒……她都不會以笑容回報。

她總是很忙，一個人得照顧很多事情，再說老二小姐不體貼，一點也不幫她做家務。這個呢，在我看來，雖然一方面可說是事實，另一方面實在太冤枉了。因為母親從來不教我也不讓我分擔家務。有一次，我在學校家政課學到了味噌湯的做法，於是回家就做了一大鍋的裙帶菜味噌湯。然而，畢竟是第一次做的，缺乏經驗，好像味精放得太多了，嚐一嚐，味道有點怪，而且喝了臉上有發癢的感覺，但是既然已經做好了，就那樣放在廚房瓦斯爐上。等母親回來，我從二樓下去，跟父母一起坐下，開始吃飯。喝了一口味噌湯，我就發覺味道不對，不是，是味道對了，顯然是母親重新做過的。她什麼也不說，也不讓父親說什麼，就是以冷冷的沉默來打擊我。她就是那麼「難以取悅」的人。

無論是什麼東西、什麼事情，有名字稱呼它就好對付多了。關鍵在於「漂亮」兩個字也好，「hard to please」也好，都是我長大學外語，擴大了自己的世界以後，才融入詞彙庫裡的；並不是所有的事情都可以在自己長大的家裡學到，也不是用母語就能表達出來。

長大後才知道什麼是美

說起來有點奇怪，可是小時候在父母家，我竟不知道「美」是怎麼回事。叫母親用「美」字來造句吧，她只會說「美男美女」，而且她活像白雪公主的繼母那樣，只允許別人說她比誰都美麗。至於美男，在母親的生活圈子裡，只有她丈夫也就是我父親才稱得上。叫人摸不著頭腦的是，她一方面說我長得非常像父親，另一方面卻說我：

「鼻子大，毛孔也大，像極了草莓。嘴唇則往外翹，像極了豬。妳這長相，將來一定嫁不出去，所以好好念書做職業婦女吧。」

然後，她看向長得像自己，當時身材高瘦的哥哥，兩人高高興興地相視而笑。

在當年的日本社會，男大當婚女大當嫁是天經地義的事。在那麼個環境裡，對一個女孩子說「妳將來一定嫁不出去」不僅是「沒人會看上妳」的意思，而且相當於「妳即將走投無路」，也就是港罵的「仆街」橫死街頭。然而，母親和哥哥偏偏喜歡給我判死刑而從中取樂。所以，電視卡通片裡出現個小豬，他們倆就要開始笑嘻嘻。當有人送大粒的草莓來，也要開始笑嘻嘻。直到五十年後的今天，母親有事情打電話過來，偶然講到草莓，仍舊高高興興地提高嗓門叫喊：

「對了，草莓呀妳，草莓，是草莓呀！哈哈哈。」

真是樂不可支的樣子。

哥哥當年甚至對我說過：

「妳長得像大便。」

如果我是他母親，就一定要給一巴掌了，可是母親卻裝作沒聽見。一個原因是哥哥功課沒有我好，拿長相、體形來嘲笑我，有彌補他自尊的效用。那是家裡公開的祕密。母親當年也常替寶貝兒子辯解說：

「老大性格泰然自若，不像老二有那種討厭的小聰明。」

所以，我從學校帶回一百分的考卷，只能說明我性格沒有哥哥那麼泰然自若，只是又耍了一次小聰明而已。我功課好不能得到家長讚揚；反之，母親叫我匆匆把考卷、成績單等收在抽屜裡，免得傷害哥哥易感的心。

另外，我在學校唯一的弱點，就是體育能力差，也常被當作笑柄。例如，母親愛說的笑話之一便是：

「我上次去學校，看到了老二的班導師。她說：恭喜新井太太，這次的運動會，妳家小朋友不是得了賽跑第三名嗎？確實是破紀錄的第三名，只是她那組總共只有三名選手呢。」

父母都沒讀過大學，對大學畢業的知識分子和公務員，尤其是屬於左派教職員工會的教師，永遠很反感。哥哥從小受他們的影響，認為一切屬於高尚文化的玩意兒，如文學名作、古典音樂、西洋美術等等，都是屁。據他說，只有屬於當代次文化的，例如少年漫畫雜誌《JUMP》和披頭四的搖滾樂，才算酷，正如父母偏愛好萊塢電影和爵士樂一樣。

母親的至愛是歐亞混血作家韓素音小說改編的影片《生死戀》和其主題曲，在該片裡當了男主角的威廉・荷頓則是她偶像。母親也喜歡跳社交舞，經常在客廳裡放唱片跟父親互相擁抱起來跳曼波。雖然是百分之百的日本血統，又生長在日本，但是母親好像沒學過茶道也沒學過插花。我也幾乎沒看過她穿和服。她也沒有和琴、三味線等雅俗「邦樂」的造詣。一來她出身於基層，二來上學時碰上了戰爭所致。日本被美國占領，是她從十歲到十七歲之間的事情。當時以及其後，一切流行文化，包括電影、音樂、時裝、髮型、生活方式，都來自美國。

我們小時候，日本已恢復獨立，隨著經濟復甦，很多小康之家叫孩子去學鋼琴。父母買不起鋼琴，我還能理解，但是他們認為若花一樣多的錢，不如買山葉樂器的電子琴，叫我深感無奈。相比之下，哥哥始終跟父母保持一致，繼承了對高級文化反叛的態度。我這個傻妹妹，從小憧憬哥哥，凡是他說的，都願意信。哥哥上中學組織搖滾樂團的時候，自己買了一把電吉他，可是沒有錢再去買電貝斯和套鼓了，於是千方百計說服我，去領取從小在銀行裡儲蓄多年的壓歲錢，然後買電貝斯和套鼓，讓他的樂團更完備。然而，器材齊全了以後，彈電貝斯和打鼓的都是他同學，並沒有我的分兒。不曉得哥哥有沒有在搖滾樂裡看到「美」，我自己又被陰影罩住就是了。他好多次都那樣利用我，欺騙我，可是母親對哥哥和我的評價永遠是：

「老大性格泰然自若，不像老二有那種討厭的小聰明。」

美是觸動心靈的機制

我平生第一次為「美」震撼是在海外的大自然裡。二十二歲去中國大陸留學，二十三歲的夏天，我由北京出發，走了一圈大西北，包括新疆和西藏。從青海格爾木通往西藏拉薩的公路上，海拔高達五千多米，氧氣稀薄得喘不過氣，然而不遠處的雪山被夏天的太陽照亮融化的樣子，看起來簡直像霜淇淋，而且是巨大的。我都愣了：

「世上竟有這麼美麗的景色！」

可憐的我接著馬上就想到：

「父母一定沒看過吧。我得給他們看，這世界原來有『美』這回事。」

過幾年，我移居加拿大。夏天待在多倫多北方，在朋友父母家的別墅，看著湖泊對面的綠色森林和藍色天空，又一次愣了：

「世上竟有這麼美麗的景色！」

可憐的我也接著馬上就想到：

「父母一定沒看過吧。我得給他們看，這世界原來有『美』這回事。」

留學中國、移居加拿大，一方面是為了學習，為了擴大自己的世界，不過另一方面，也是為了遠離陰影罩住的父母家。看到美麗的景色，我不僅受感動，而且覺得內疚，好像自己違背了父母的家教似的，因為我在他們身邊長大的二十年時間裡，從來沒有人向我指出過：妳看，那裡的景色多麼漂亮。父母帶我們去過海邊、山上，看到風景都沒說過：

「多麼美。」

恐怕在他們的詞彙庫裡，從不存在「美」這個詞或者概念，「美」似乎屬於形而上。加拿大的夏天，大家放假來到大自然的懷抱裡，整個氛圍既輕鬆又愉快。我在那兒也體會到之前不知道的真理：快樂過日子，是天賦人權，並不一定以「先吃苦」為前提條件。在日本，至少在我父母家，快樂只能是勤勞苦行帶來的意外回報，哪有直接去追求它這回事？

「美」一般來說是關於視覺，但同時也關係到思想和心靈的作用。早些年，我快要上大學的時候，哥哥一本正經地問過我：

「妳上大學，是為了什麼？上過大學的不都是笨蛋和壞蛋嗎？」

他自己沒有上大學，高中畢業後，就上半年的職業訓練班，學了照相排版的技術，也交上了大六歲的女朋友，然後，就是在父母的公司上班。父母作為獎勵，給剛滿十九歲的他買了一輛二手跑車。在他的工作環境裡，有能力偏低的大學畢業生，看起來根本是白上了大學。也有能力很高的大學生甚至研究所畢業生，則一不小心就會騙人占便宜的，猶如父親的仇人渡邊律師。我明白，哥哥是真心不懂的。

「我還沒上大學，所以不完全清楚，上大學的目的究竟在哪裡。儘管如此，我還是想要上大學。正如有一輛長途汽車，即使我不知道路上會看到什麼樣的景色，最後會抵達什麼地方，都願意上車，因為我衷心想去從來沒去過的地方，也想看從來沒看過的景色。」

我就是直覺地知道這世界有「美」等著我去發現。哥哥還是用不以為然的表情看著我。

那長途汽車的比喻，雖然是比喻，但也屬於事實。我從十五歲開始就自己坐長途火車去日本各地，如金澤、能登半島、犬山、仙台、青森、角館、京都、城崎、鳥取、松江等等地方旅遊。哥哥沒有。那也許理所當然，因為我之所以離鄉背井是為了遠離陰影罩住的家。哥哥卻是家裡的頭號媽寶，天生有光環，沒有原因想要離開。何況他擁有一輛汽車，而汽油費和停車場費、保險費等等，都由當公司會計的母親買單。擁有一輛汽車，開上它就哪兒都能去嗎？那輛汽車卻註定讓哥哥一定得回到出發點。

過些時候，我上了大學。這回新認識的志同道合的朋友們，很多都要去遠處，或者從遠處回來。為了留學，為了探險，走亞洲，或者跑南美，大家的目的和目的地都不同，可是一樣渴望著為自己擴大世界。有一次，在父母家開的派對上，哥哥稍微喝醉了酒，聽到我和一個女同學討論下一個旅行的目的地，忽然間忍不住似的大聲喊出來：

「妳們在世界之外。」

然後，他用手指在空中畫了個大圈，跟著喊：

「妳們都在這個大圈之外。」

我們倆都說不出話來了，因為哥哥顯得很寂寞。我和哥哥的人生道路，就彼時彼刻開始岔開了。

「美」主要是客觀存在、物理現象，還是心靈作用？清水裡搖晃的絲綢是客觀的存在，光線反射是物理現象，但是看那場面而覺得「美」的，還是人的心靈吧。不過，公孔雀之所以擁有那麼華麗的羽毛是為了吸引母孔雀。顯然，孔雀都懂「美」是怎麼回事。

也許，「美」與其說是細膩的感受，倒不如說是觸動本能的機制。小說家三島由紀夫曾寫過：記得剛生下來，給泡在洗兒湯的時候，銅盆的邊反射光線發亮的樣子。說不定他真有既強烈又照相般的記憶。有趣的是，他也一輩子懼怕音樂，因為音樂是看不見的，卻能影響到人的情緒。我們會聽某一曲音樂而被其「美」深刻感動，甚至流淚。所以，「美」也不一定限於視覺的作用。通過聽覺、觸覺、味覺、嗅覺，我們也會發現「美」。

失去自由換得孝子獎牌

過去有一段時間，我都認為，母親最大的罪過就是破壞了哥哥的人生。他是孝子，十九歲就加入父母的公司，然後一輩子都沒有在別的地方工作，賺過錢。他二十五歲結婚的對象是職業訓練學校照相排版班的同學，比他大六歲，結婚的時候挺著大肚子。本來身材高瘦的哥哥，結婚以後越來越胖。不僅哥哥，而且他太太和兒女兩個孩子都異常肥胖，該是飲食生活出的問題。

父親七十四歲去世的時候，哥哥則四十九歲，在公司做「經理」已經三十年了。在那三十年時間裡，父母一直為哥哥吵架。因為哥哥早晨起不來，一般都下午四點鐘才到位於日本橋箱崎町的印刷廠，但是工人們是五點就下班的，沒有時間好好跟「經理」討論工作上的問題。後來，大弟結婚，帶新婚太太一起到箱崎町的印刷廠上班去了。他們夫妻當上了工頭，跟工人們處在一起很融洽。大哥日復一日都很晚才上班，雖然大弟、弟妹都覺得奇怪，但是做「專務董事」的母親替哥哥解釋說：

「『經理』在美術設計等方面很有才華，晚上沒人的時候才能集中精神。」

令人費解的是，大弟、弟妹都乖乖地相信「專務」說的話，同時對哥哥敬而遠之。雖然在同一個地方工作了十五年，卻很少互相直接講話。即使在父母家碰見，彼此都避開視線而不說話的。這一點，在東中野總公司大樓上班的小弟也一樣。他是二十二歲大學畢業後加入公司，父親去世的時候，已有十六年工齡，對於「經理」的神祕形象，也相信「專務」的解釋，但幾乎不跟大哥、二哥直接說話。

我學過政治過程論上有「分割與控制」（divide and rule）的手法。母親對於五個孩子們，始終採用這一套：在一個人面前，說別人的壞話；在那個人面前，又說另一個人的壞話。就那樣，很巧妙地斷絕孩子們彼此之間的信賴關係。結果，大家都只會跟母親一個人說話。還有，母親也經常耍把戲。比方說，大弟夫妻剛結婚從夏威夷蜜月旅行回來的時候，母親叫他們直接到哥哥家上門去給哥嫂送禮物。哥嫂之前不知道有客人要來，一時不方便開門招待大弟夫妻。結果，場面弄得很尷尬，他們之間的感情就一下子永久性地給破壞了。但是，哥嫂和大弟夫妻都盡是責怪對方不禮貌，根本沒想到是母親故意耍的鬼把戲又一次奏效。

父母和三兄弟以及大弟妹，總共六個人在並不大的公司裡，一起上班了十多年，直到父親去世為止。公司裡，除了家人以外，還有其他職員，總共有十來個人，分別在東中野的辦公樓和日本橋箱崎町的印刷廠上班。

父親七十三歲患了跟奶奶一樣的胰腺癌，到札幌的北海道大學附屬醫院請著名外科醫生開刀後，回到東京新宿的國際醫療中心做化療。在那段時間裡，父親還跟母親玩了國內幾個地方，包括日本最北的利尻島，也去了夏威夷坐幾天的旅遊船。可是，他身體不久就開始衰弱，越來越消瘦，臉色都發黃。他最後住院之前，在沼袋一丁目的家裡養病大約一個月，我去陪伴，因為母親把父親留下來一個人去上班。父親告訴我，他最大的心病是哥哥。哥哥在父親開的公司裡做了三十年的「經理」，但社長病倒了，少爺卻不肯繼承社長的職務。不僅如此，當時哥哥跟嫂嫂之間的「家庭內離婚」狀態已持續了三年。當初是哥哥在外面拈花惹草鬧出矛盾，當嫂嫂給父母來信訴苦的時候，父母不僅沒有譴責哥哥的不是，反而叫嫂嫂從此不要進婆家門來麻煩兩老了。母親更是笑嘻嘻地向我說道：

「老大正是男人精力最旺盛的年歲。那老婆已經五十好幾，恐怕進入更年期了吧。」

母親就是沒有身為女性對同性的同情或體貼，反而把兒媳婦看作自己的對手。嫂嫂拒絕洗哥哥的衣服以後，哥哥每週把一大袋髒衣服帶到父母家來，由母親高高興興地清洗熨平了。儘管如此，當哥哥提到要帶兩個大孩子回父母家住的時候，母親居然拒絕。父親也說：

「那樣子，對『專務』的負擔太大了。」

結果，哥哥的生活處在兩頭落空的狀態，而且凡事拿不定主意的結果，不久也被女朋友甩掉了。

父親生前是小規模的公眾人物，替他辦完祕葬以後，要舉行告別式了。按社會常規，應該由長子擔任喪主，並且趁機發表從此繼承公司社長的職位。然而，哥哥都拒絕了。我們弟妹也幾次呼籲召開家庭會議，好好討論公司以及家庭的將來，可是哥哥始終以各種藉口不出席。告別式那天，由當時腰痛站不直的七十三歲母親當喪主，也在法律上繼承了社長職位。眾來賓都看到，已故父親創辦的公司正面臨瓦解危機，儘管他有三個兒子。果然，父親的七七過了以後，多年來的最大顧客馬上通知，合作關係到此為止。那顧客，就是多年以前父親的公司倒閉的時候，支持他東山再起的審定協會。可是，父親一旦不在了，多少年的來往卻以一封通知書就結束。

母親的決斷很快。她馬上關掉了日本橋箱崎町的印刷廠，也付遣散費解雇了工人們和大弟夫妻，免得赤字積累。當時快四十歲的小弟則在東中野的總部策劃些新的項目，公司就那樣又維持了幾年。

公司三十年以前曾倒閉過一次，導致原先做家庭主婦的母親加入，將自家客廳改為辦公室，做起「專務董事」而負責會計三年以後，母親先重蓋了自家住房；再過十五年，在東中野朝日壽司隔壁，公司的總部大樓終於隆重竣工了。一樓是停車場，二樓是接待處，三樓和四樓是辦公室，五樓則是社長室，通過玻璃窗戶看得到新宿的摩天樓。另外，在地下室，做了隔音的排練房和錄音室；在那兒，不僅當「經理」的哥哥和朋友們一起排練搖滾樂，而且也讓專業和業餘的音樂家們來排練、錄音，果然門庭若市，因為用器材不需花錢。

榮格心理學裡有一種「原型」叫「大母」，用來形容我母親似乎不過分。我懂事的時候，做小媳婦時常被婆婆、姑姑欺負的她，十年以後是挺能幹的公司「專務」了。再過十多年，她不僅替丈夫蓋好了公司大樓，而且偷偷在地下室，為寶貝兒子做了專業水平的錄音室。前後十五年，當父母以及大小弟弟和弟妹拚命工作的時候，不知哥哥在那錄音室裡花了多少時間和金錢。父親去世的翌年，母親為脊椎打釘手術住了三個月的醫院。期間，小弟才有機會仔細研究公司的帳本，發現哥哥的工資高到不正常。後來在整頓公司業務的過程中，請來的會計師提出的方案是：既然「經理」不肯放棄錄音室，那麼乾脆就把整個公司大樓包括錄音室都送給他，作為退休金加上收買他名義下的公司股份之代價。至於公司，則由小弟當上新社長，帶幾個員工搬到租來的辦公室去，繼續做他近年開發的新項目。

哥哥從小做家裡的頭號媽寶，恐怕連做夢都沒想到自己有一天會從父母的公司被踢出去。公平來看，那是不得已的。可是，我萬萬沒想到，就是在那個時候，「大母」也叫家庭律師來，要替哥哥辦離婚手續。談好的條件是：哥哥把公寓讓給嫂嫂，另外付三百萬日圓的贍養費。兩個孩子都大學畢業了，雖然從事的是非正規的工作，可是母子仨在一起，暫時的溫飽不成問題。面對問題的倒是哥哥這一方。他從結婚後住了三十年的房子給踢走。雖然擁有了五層加地下室的大樓，但由於本來是辦公樓，就沒有洗澡間。結果，每天晚上，他都到沼袋一丁目的母親家吃飯、洗澡，完了以後就向母親大聲發牢騷。母親雖然嘴巴上說受不了老大的虐待，但實際上卻笑嘻嘻地天天為他燒飯、洗衣服。

我幼小的時候，雖然常被哥哥欺負，但還是滿崇拜他的。後來，母親以「孝子」的獎牌換得了哥哥的人生自主權，我長期埋怨過她。看父親去世後的幾年裡，母親對哥哥的所作所為，我都對她抱怨。前些時候，在母親家開的新年會上碰見哥哥，他問我：

「覺不覺得母親最近有老人痴呆症？」

「不覺得啊。她好像比以往任何時候都充滿精神。」

「可是，她經常撒謊，妳知道吧？」

「我當然知道，但那不是最近才開始的。」

「妳是什麼時候注意到的？」

「大概是我懂事的時候吧。」

「那我為什麼這麼多年都沒有注意到呀？」

「你不算最糟糕。父親是直到瞑目都沒有注意到啊。」

父親最後躺在床上的日子裡，真的向我說過：

「我老婆真的是非常好的人。沒有人會說她的壞話吧？」

他顯然真的一點都沒有察覺，我這個女兒就是被她折磨了半輩子的。

現在，母親八十一歲，哥哥五十七歲了。父親去世以後，母親在生活上的負擔減少了很多，結果充滿精神，幾乎每天都上什麼老人大學，畫畫、捏土做陶瓷、練書法、打麻將、在游泳池裡走走。老人家自力更生，不麻煩到我這兒來，能健康地過日子，我就不再想說什麼了。相比之下，哥哥的樣子叫人擔心。他頭髮留得很長，雖然有追溯到七〇年代搖滾分子時代的歷史，可是最近不知道有沒有定期洗刷，頭髮蓬亂得很，皮膚的狀態也很不好。再加上，越來越肥胖的身體，給人很不健康的印象。

他曾經那麼熱愛母親，母親也曾經那麼疼愛寶貝兒子。但是，父親去世以後，哥哥拒絕繼承「社長」的職位；母親則拒絕哥哥帶兩個大孩子回到沼袋一丁目的家住。母親很明確地說：

「我不想照顧他們，而且我要隱私權。」

母親即使愛哥哥，卻不愛他所愛的孩子們。哥哥面對的是多麼困難的二擇一呀。謝天謝地，我從小是家裡的黑羊，早早就離開了父母家，能一路尋找屬於自己的「美」。我越來越清楚：「美」跟愛與自由是連在一起的。哥哥這輩子沒有離開過父母，開車出去，開車回來，放棄自由而換來的是一枚獎牌，上面寫著：孝子。

有一次，在父母家開的派對上，哥哥稍微喝醉了酒，聽到我和一個女同學討論下一個旅行的目的地，忽然間忍不住似的大聲喊出來：

「妳們在世界之外。」

然後，他用手指在空中畫了個大圈，跟著喊：

「妳們都在這個大圈之外。」

第六章

三語人之路

我離開日本，本來要恢復真正的自己。
未料，自我是由語言構成的；
沒有堅定的語言基礎，自我都不會鞏固。
自己心目中的自己和別人眼裡的自己，
達不到一致。

常有人問我：

「妳為什麼用中文寫而不用日文寫作？」

「因為我母親看不懂中文。」

對方以詫異的眼神看我，畢竟我早已不是小孩子，連我的孩子都快要做大人了。還真害怕母親嗎？

曾經差不多有十年時間，我比較集中地寫過關於母親以及自己幼年時代的回憶。最初是用英文寫，在加拿大多倫多的英文報紙《The Toronto Star》上發表。記得那篇文章題為〈If Only You Are a Boy〉（只要妳是男孩），是我小時候聽了很多次的一句話，好似出生為女的是我自己的錯誤。圍繞著同一個題目，我後來用中文寫了一系列文章，在台灣報紙、雜誌上發表，收在《東京的女兒》一書（二〇〇二年，台灣大田出版）的〈卷二：女兒的疼痛〉裡。那大約是我從三十歲到四十歲之間，做人母前後的事情。

後來出日文書《中国語はおもしろい》（中文真好玩）（二〇〇四年，東京

講談社）的時候，我寫了一篇〈母語からの自由〉（逃出母語的自由），談到我用母親看不懂的外文書寫的始末，未料被編輯整篇都刪掉了。他說：

「這個不要了吧。跟其他章節調子不一致。」

說得有道理。因為其他章節都是以輕鬆快樂的語氣寫著我多麼喜歡學中文。唯有這一篇卻以陰鬱沉重的語氣講：我早年處於如何難堪的情況，因而有必要走出母語逃進外語中。就那樣，我用母語書寫心底話發表的機會給消滅了。

雖然我後來寫的文章，大多都跟母親無關，但是當初渴望擁有自由的思考／寫作環境始終是事實，而且我到現在都特別欣賞、衷心感恩自己能夠用中文、英文閱讀書寫，因為外文能解放我、能讓我感到自由，並覺得世界洋溢著陽光。日本籍的斯拉夫語言學者黑田龍之助先生說過：上了大學就覺得天花板比原來高很多了。在我腦袋裡，英文、中文啟動的時候，感覺也挺像那樣子的：啊，天窗開了。

腦海是母親無法侵入的避風港

童年的我要走出現實生活，逃到另一個世界去，因為只要我和母親單獨在家，在我視野一角的她一定很不高興，而且從她嘴裡出來的話，要不是辣的就是苦的或者酸的，就是偏偏沒有甜的。所以，我打從很小很小的時候開始，就自動培養出了默默地在腦袋裡一個人講故事給自己聽的習慣。那樣子，我就不必聽她說辣的、苦的、酸的話了。再說，母親有時罵我默默地聽著她跟別人說的話；可是從不罵我一個人胡思亂想。記得當時，我也經常把自己的臉頰貼在父親衣櫃外面鑲的細長鏡片上，看看能否溜進裡面去；但是，從來沒成功。所以，默默地胡思亂想是我小時候擁有的難得自由之一。大腦空間是我能夠默默地逃進去而不讓母親察覺的第一個避風港。我後來得知中文把大腦空間說成「腦海」，就拍大腿，覺得再合適不過。

小學一年級的班導倉田照子老師教我：閱讀和書寫會帶我們到另一個既寬闊又親密的世界裡去。每天下課的時候，我都從教室最後面的書架借一、兩本書回家，匆匆看完之後，在「讀書日記」本子裡寫感想；第二天早晨上學就交給老師，下課以前她會用紅筆寫幾句話還給我。

天天重複的那過程給我帶來了無比大的滿足感。有人，有大人，而且是老師，不僅願意看我寫的句子，而且尊重我寫的意見，還特地為我一個人寫回話。不像在家裡，我說的話經常被母親和哥哥嗤之以鼻，不是被一口氣否定，就是成為笑柄由他們拿來慢慢挖苦我。倉田老師是我這輩子最早也最理想的讀者。可惜的是，好人薄命，我小學六年級的時候，她因大腸癌去世了，享年僅四十二歲。聽說，舉辦葬禮的時候，她家門外排了長長的人龍，是上千人來弔唁的。鄰居們原來以為，倉田家有個遲遲不出嫁的老處女，這回才知道她其實是叫那麼多人惋惜的好老師。

在倉田老師的指導下，我看的書很多，一年就達好幾百本吧。但是，到了學期末，要寫出以「印象最深刻的一本書」為主題的作文時，我卻什麼書都想不起來。老師說：

「妳看過很多書，應該有很多書可以寫吧？」

然而，事實是，我雖然看過很多書，但是看完之後，往往忘得一乾二淨。不僅看書如此，而且看電影也如此。看完一場戲走出來，我就常常記不起來剛剛看的影片有什麼情節。是睡著了沒有看嗎？也不是。似乎是邊看邊發呆的。於是覺得：自己的記憶似乎跟別人家的有點不一樣。不知為何，我忘記的事情非常多。那感覺有點可怕，好似自己的人格是用沙子做的，稍微颳風就會消失。後來回想，好像是我小小年紀就有解離性障礙的症狀。

我上國中的時候，已經決定將來要當個作家了。寫文章，無論要寫多少字，無論要寫什麼題目，我都從來不覺得辛苦，反而始終很開心。不過，我又不是耽溺於虛構世界的文學少女，對現實社會的運作，興趣比較大。我國中時的偶像是以〈從天堂回來的醉漢〉一首歌走紅的日本「民歌十字軍」（The Folk

Crusaders）樂團創作歌手，並翻身為精神科醫生兼散文作家的北山修。可惜，我怕血，數學又不大行，無法讀醫成為跟他一樣的醫生作家。上了高中，既有文學社團又有學生報，我毫不猶豫地選擇加入後者。每週每週，我都拿鐵筆在蠟紙上寫稿，然後用輪轉機印刷出來，派送到各教室和教職員室。四年後上大學，主修選擇了政治學。畢業以後做新聞記者跑世界，是我當年的志願。

另一方面，我也從十五歲開始，自己去日本各地旅行。買當年日本國鐵的周遊券，用往復明信片訂青年旅舍，然後就是背著大背包出發了。父母從來沒有反對過，估計是放任主義所致吧。我的心情很複雜，一方面恨不得離家遠一點；另一方面，每次出發的時候，我都在西武新宿線沼袋火車站月台上哭泣一番才上車。我要走，但我恨命運叫我非走不可。然而，火車一開動，我的眼淚就馬上乾掉，心情就百分之一百地快樂起來。我從來不知道想家是什麼滋味，世界才是我的家。在目的地的青年旅舍，我認識來自日本全國的大學生以及社會青年。跟他們聊天聊地，我發現，在他們眼裡的我和平時在家、在學校的我，似乎稍微不一樣。身處陌生人之間，自然而然地擺脫平時人們對我的成見，是恢復真正的自我嗎？還是表現出稍微不同的人格嗎？總之，那感覺很舒服，很好玩，是我迷上了旅遊的原因之一。

早稻田大學一年級時和中文相遇，可以說是我人生最大的轉折點。在十九歲的我眼裡，中文顯得閃閃發亮著。那感覺，完全是個人的。中文的「情人眼裡出西施」翻成日文便是「麻子也看成酒窩」。我確實看到了西施、酒窩。別人看不到而我自己看得到，痴情會燃燒得更旺盛；還是只能以愛情來比喻。我父母沒上過大學，沒學過第二外語，根本不理解我為什麼要學中文。

「聽說，學政治的選修德文才對，不是嗎？」父親說。

他在工作上，跟商科大學的教授們有來往，恐怕就是從他們那裡取得的信息。

「我喜歡學中文。而且很少有人學的科目，說不定會有物以稀為貴的價值呢。」

我從小性情乖僻；不愛雷同，愛走人少的路。結果，在強調「和」，標榜集體主義的「大和民族」社會，經常被扣上「協調性不足」的帽子。然而，走出島國，闖起世界來，中文的「與眾不同」就絕對是褒多於貶的；至於英文的「one in a million」（一百萬人中唯一）竟是頂級的誇獎話了。對我來說，外文簡直是等著我去打開的禮物，等著我去發掘的金礦，常幫助我擴大世界觀。

學中文擺脫母親桎梏

我從小的夢想是遠走高飛，通過中文這個跳板才變成了現實。最早是大學二年級的夏天，去北京進修四個星期的中文。第二次是大學三年級的年底，參加上海七天自由行，在剛竣工不久的上海賓館下榻，每天吃完早飯就一個人出去跟當地年輕人玩個痛快。回來後，還跟他們用中文通信。我愛寫信，而且寫得好，即使用中文寫，也會寫得比較好看；結果，對方回信的內容都深刻起來，簡直呈現出青春小說的模樣了。

在我長大的家庭裡，從來沒有隱私這回事。母親隨意打開看屬於別人的信件、日記等。看了之後，她不會公開承認，只是用眼神、態度、語氣等等「非語言溝通」渠道來暗示而已。之前塞滿我抽屜的信件，相信她都看過，而且在我背後一定當過話柄、笑柄。然而，用中文寫的書信，她即使打開了也看不懂。從她稍微彆扭的態度，我察覺出這一點來，真是高興得想哈哈大笑了（雖然實際上絕對不敢，因為衷心懼怕母親）。換句話說，通過學中文，我不僅在空間上，而且在精神上都開始擺脫母親的桎梏了。

大學三年級的學期末，當其他同學們開始展開就職活動的時候，我卻去報名考中國政府發的獎學金。以當時中國的物價標準，那是相當豐厚的數目，不僅足夠生活學習，而且能夠到處旅行。幸虧被錄取，我贏得了兩年的自由時間和伸展四肢的空間。大學四年級的夏末，就飛往北京去了。海外自由旅行是我畢生的志願。在中國留學的兩年裡，每次放假都坐長途火車、汽車、輪船去神州各地旅行。我對社會問題很有興趣，特別喜歡跟各地老百姓聊天討論。當年的中國人，沒有自由旅行的習慣。他們上火車的目的，不是出差就是探親或者就醫。所以，對我這一類外國背包客的生態，他們加倍好奇，喝著茶水，抽著菸，吃著瓜子、柳橙，向我問東問西，簡直問個不停。我則從他們提出的問題中，反過來了解到人家的生活、知識、興趣，以及價值觀來。天天在鐵路上練中文，我的聽力逐漸提高，表達力也日趨加強，更重要的是一點一點了解到中國人的生活文化了。抽象的問題，我們可以在書本上研究。但是，日常生活中的細節，則只好在現場看或聽的。走進別人家，何時何處都不容易。可是，在當年中國的長途列車上，乘客們彼此像鄰居一樣，有時一起度過兩天兩夜的；對我來說是觀察當地人生活再好不過的機會。

幾趟旅途上的所見所聞，最初我是在日本報紙、雜誌上發表的。那還是一九八〇年代初，中國剛剛結束文化大革命，對外開放不久，外界媒體對中國的一切很有興趣。我從北京航空寄去的稿件，得到東京編輯的肯定，登在刊物上發表。

那感覺好比回到了天天寫讀書日記給倉田老師看的年代，讓我高興極了。後來，我也開始給香港雜誌供稿，這回我所用的語言從日文變成了中文。當時我的中文還不是特別好。然而，我有自由撰稿人的天性，只要有人約，則一定接下來說：好，沒問題。

在中國待了兩年以後，當地朋友們開始跟我說：

「忘了妳不是中國人。」

那對外國留華學生來說，算是最高程度的誇獎吧。恐怕不僅是我的口語，而且是表情、手勢、態度，甚至思路，都學中國人學到家了。中文的「學」字有「效法」也就是「模仿」的意思。這是想想書法的學習過程就容易明白的。但是，重視獨立思考、發揮個性的西方人也許會有反對意見吧。記得廣州中山大學有一個西方留學生，說中文說得非常流利；沒有外國腔調，詞彙量大，而且口齒很清楚。然而，中國同學們都在他背後說：

「好像思路有問題。」

因為他硬要把英文直接翻成中文說，由中國人聽來就有「牛頭不對馬嘴」的感覺。不過，那也許是在外國文化的環境裡，保護自我的一個方式。我自己從小渴望做另外一個人，所以在中文世界裡，自我稍微融化、變形，覺得有趣多於害怕而抗拒。

無法適應日本職場文化

當兩年的留學期滿回日本後，我就報名參加了報社的錄用考試。在事先提交的履歷表「特技」欄目裡，則填寫了「會裝中國人」。我並不是像藝人塔摩利那樣會模仿中國人說話、打麻將的樣子，反而是會靜靜地坐在一群中國人之間，例如在火車站的候車室，而不被發現。那有什麼了不起呢？我覺得那也可以說是一種成就吧，尤其在當年中國人的衣著、髮型都還跟外面很不一樣的情況下。只是，剛回日本的時候，我的日文倒出了一些問題。好像在腦袋裡，中文壓倒了日文的緣故。要說日語，從嘴裡出來的卻常常是中文。我自己覺得，這樣也是一種成就吧。然而，別人的看法就會不一樣。

我中文成績突出，作文寫得也不差，順利被報社錄取，給派到仙台去，當了社會新聞記者。可是，一個女記者在十來個日本大男人之間，日子極其不好過。何況上司還在大家面前向我宣布：

「絕對不讓妳當中國特派員。」

也有學長提出另一名女記者的名字道：

「我寧願真紀來這兒一起工作。」

在辦公室，我覺得如坐針氈，晚上八、九點，工作完了，就要先走。未料有人從裡面喊：

「誰告訴妳做完了自己的工作就可以走？」

原來，工作早一點結束的時候，要大家一起去有吧女陪坐的酒店，繼續討論工作。三十年後，日本最大廣告公司電通有個東京大學畢業的女新人，連續加班好幾個星期，最後跳樓自盡了。我驚訝地發覺，日本的職場文化，竟然過了三十年，仍舊是那樣子。叫人看到希望的是，那女新人的母親替女兒控訴公司，並召開記者會，推動了警察調查電通的勞動狀況。至於報導這件事的報社本身的職場文化有沒有改善，則叫人很好奇。

講回二十五歲的我，剛開始工作後，連續六個星期都沒有假。日復一日，晚上十二點多才回到家，第二天七點鐘就要開始工作。連洗衣服的時間都沒有。起床後匆匆淋浴，把淋浴後的頭用浴巾包起來自己開車，要到仙台市內四個警察局去問問前晚有沒有發生什麼重要案件。我不久就開始每天都覺得不舒服，忽而出冷汗，經常頭暈目眩。如果在什麼地方休息，口袋裡的呼叫器就會嗶嗶叫，乃上司找我的。那是手機上市之前的聯絡方法。在那麼個工作環境裡，我身心似乎逐漸出現了憂鬱症狀。在仙台工作的五個月裡，我開車出事共五次，幸虧都是輕微的，沒害到自己或別人。也有幾次，我在仙台郊區開車迷路；那一帶都是單向通行的小路，車子開來開去都回到同一個地方來。當時還沒有ＧＰＳ導航系統的情況下，看不到行人的郊區成為我無法逃離的迷宮。最後，實在沒辦法，我去國立仙台醫院看診，精神科大夫說：

「辭掉了工作，妳精神馬上會好。」

於是，才五個月的工夫，還沒領到第一次的獎金之前，我就提交了辭呈。因為汽車和尼康牌專業相機是自己準備的，所以我平生第一次的就職，哪方面都以赤字結束，是百分之百的失敗。回到東京父母家，父親一再問我：

「妳其實是被炒的，對不對？」

叫我直搖腦袋。他自己沒有在別人開的公司裡做過事，不知道當上班族是什麼滋味。果然，我在外頭受苦，回家也得不到安慰。

當時我二十五歲，處於一輩子最艱苦的年齡階段。我覺得自己跟日本社會格格不入，是否從小在畸形家庭裡長大所致？我似乎缺乏作為日本人的常識，常常無意間惹人生氣。但是，日本的常識並不一定是世界的常識吧？我最搞不明白的是，為什麼在異鄉中國能躲在人群裡，而回到了祖國日本就不行呢？是否島國太小了？總之，我希望能在更大、更自由的世界裡生活。這時，有個留學中國時的外國老同學告訴我，加拿大是移民國家，什麼樣的人都有，而且牛排很便宜，每個星期都吃得到。於是，我到東京青山的加拿大大使館去，申請了簽證。上飛機之前，我就像十年前一個人去旅行時那樣，又在心中大哭著告訴自己：下次回日本來的時候，我一定已變為更堅強而不容易被別人欺負的一個人了。

加拿大痛苦的留學生活

誰曉得呢，人間竟然沒有西方淨土。剛到加拿大後的兩、三年，竟然比我在家、在仙台時都還辛苦，因為這下我是被人瞧不起的新移民了。我從國中一年級就開始學英文，在日本各級學校，成績也不差。在中國留學的時候，跟外國專家、留學生用英文談話的機會也不少。就是萬萬沒想到自己的英文能力那麼差。在移民國家加拿大，外國出身的人確實多如恆河沙數；在他們之間，社會地位的高低，除了皮膚的顏色以外，是按照英文能力決定的。一張東方臉孔，說英語帶日本口音，再加上不懂得當地的基本禮節，期待別人自動善待，只會希望落空。

三十年以後，我還會痛苦地記起來，在多倫多布羅爾街一家食肆，我無意間碰撞了一個顧客而沒有及時道歉，結果引來了特別難聽大聲的罵人話，而在場的每個人都認為一切都是我的錯。社會禮節是因地制宜的。人口密度偏低的北美城市，和人口密度特高的亞洲城市，輕微碰撞在人們心目中的嚴重性就不一樣。正如，當我第一次坐多倫多地鐵的時候，也吃了一驚：車廂裡站著寥寥幾個人而已，但在月台上排隊的乘客們就不會擠上去，要等下一班車，因為他們絕不想跟陌生人之間有身體接觸。然而，只要是熟人之間，就大抱大親起來的，相差大得我不可想像。

也有的時候，我根本不懂為什麼別人對我特別有意見。到底是不是種族歧視？例如，有一個晚上，我跟幾個當地朋友去俱樂部，舞台上有樂團演奏。我們進去得晚，搶不到座位，於是在座位中間的通道上站著看表演。未料，後面座位的白人男子不停地用鞋尖踢我的屁股。也許他覺得我礙眼吧。可是，通道上站著的遠不止是我一個人。好多人都站著呢，為什麼偏偏我一個人被踢？

雖然有俗話說「時間是萬能藥」，但時間有時候會過得非常慢。我到加拿大以後，過了兩年九個月，才對自己的英文能力有足夠的信心。而對自己的語言能力有了信心，才能夠對自己在加拿大的社會生活能力也有信心。畢竟，人際關係主要靠的是語言。那兩年九個月，可以說是我這輩子最長的兩年九個月。我上了多倫多大學的英語進修班，當了日文報紙《日加時報》的記者，去讀了約克大學的政治學研究所，也做了日文的生活指南書《多倫多綠頁》主編，還在東京銀行多倫多辦事處上班，最後到懷爾遜理工學院新聞系讀書。在那漫長的時間裡，我也看過四個諮商心理師，因為心情一直很差，而在加拿大，心情不好的人就會被周圍勸說：

「去找專業諮詢吧。」

第一個心理師是在約克大學診所裡工作的白人男性。當時，我剛剛開始在位於多倫多北郊的約克大學讀政治學碩士班。本來，我的托福分數稍微未達該校的要求。但是，該校會給每個研究生在校園裡打工的機會，算是變相的獎學金，所以我很想在那裡念。然而，開課以後，我馬上發覺，自己的英文閱讀能力確實不夠高，根本來不及看完所有必讀文獻去上課。因為睡眠不足，以蒼白的臉色參加課堂討論，我又聽不大懂別人在說什麼，當然也很難發表自己的意見。用外語迅速思考而發表意見，難度滿高的。我一方面覺得，加拿大同學們發表的意見不一定很高明，有時候壓根兒沒有道理，只是說說作秀而已。可是，自己什麼都說不出來，感覺加倍糟糕。

另外，在那段時間裡，我對一些英文措詞覺得特別不習慣。比如說，老師為了說明某一件事，要麼是對的或者是不對的而不會是有點對的，就說：

「正像你要麼懷孕或者沒有懷孕，不會有點懷孕一樣。」

我覺得，男老師向女學生這樣說話有性騷擾之嫌，是我神經過敏所致嗎？然後，我到系裡的資料室當值班員時，有白人學長來問我什麼。我因為聽不懂，所以便用日本式微笑搪塞過去，結果惹人家火大。是我的錯吧。但我又能怎麼辦？有人說：

「去找專業諮詢吧。」

於是到大學診所找諮商心理師。對方聽完我訴說，馬上道：

「搬回日本，妳精神馬上會好。」

我就是聽他在日本的同行提出的建議，辭掉報社的工作，搬來加拿大的。哪有臉就那樣子回去？當我第二次去找他時，開門見山地被問道：

「下定決心搬回日本了嗎？」

我則決心不再去見他了。

那是一九八八年底的事情。離我辭掉日本報社整整一年了。從聖誕節到元旦，學校放了幾天的假期。我回日本一趟，趕上了昭和天皇病危到去世。假期裡，跟一些老同學聚會。他們聽我在加拿大念碩士，都以為我很幸運，應該過得很開心。他們跟從前的我一樣，天真地相信：在外國，人們都過得很幸福。那就是日本民眾之間，根深蒂固的「西方樂土」信仰。回到家，我因從小沒有向父母訴說苦楚的習慣，於是只好憋著氣，裝出無所謂的樣子來，避開母親的視線。結果，在日本兩個星期，我跟誰都不能談心事，又坐飛機回多倫多去了。飛機在皮爾遜國際機場降落時，我深感自己是「無所適從」（in the middle of nowhere），不僅無家可歸，而且找不到目的地。

在學期結束之前，要寫好報告書提交，對我來說太困難了。讀不好英文書，又很難用英文思考，再說當年在個人電腦還沒有普及的情況下，用舊式的英文打字機，完成一部像樣的報告書，即使純粹在打字技術上而言，都談何容易。最後我好歹提交了，可是沒有訂好的報告書，在老師的書桌上變成了一堆廢紙。我深感無力，只好辦退學，這是在短短一年多時間裡，第二次的大挫折。

記得我去找第二個諮商心理師的時候，多倫多的人行道兩側還有積雪。那是印度出身的中年女性，忘了是誰給我介紹的。總之，有人建議：

「妳是移居加拿大不久的東方女性，去找類似背景的心理師大概最合適。」

日本人跟印度人，果然在主流加拿大人看來，是屬於同一類的。我心中並沒有同意。但是，去找日裔諮商心理師嘛，我感到的障礙也大。是怕丟臉嗎？當年的我覺得，人家關係越親越對我嚴厲。

印度心理師住在多倫多地鐵北端的總站以北，剛開發不久的新興住宅區。從地鐵站到她家之前，我得走還沒有完全修好的人行道。下雨後積雪融化，結果到處是泥土。我按門鈴，先從裡面出來的是看樣子很斯文的印度先生；他是伊斯蘭教徒，一天向麥加祈禱五次。心理師是他太太，跟先生一樣斯文溫柔。每次跟我面會之前，她都在廚房裡先準備好晚餐要吃的咖哩。所以，跟她講話，我都會聞到各種咖哩的香味。可惜，我從來沒機會品嚐；畢竟，我和她是工作上公共領域裡的關係，並沒有個人來往。

「我很理解，東方人，尤其是東方女性，在加拿大面對的文化挑戰非常大。」

她很同情地跟我講，叫我之前緊張至極的神經，慢慢放鬆下來。在西方社會，東方人從外表上就屬於少數民族（visible minority），再說，即使在比東方進步的西方主流社會，女性也屬於少數派，不是因為人數少，而是因為社會地位低。所以，東方女性算是雙重少數派的一分子。印度心理師為人很好，而且有良好的職業訓練。只是，日本和印度，文化背景還是離得很遠。再說，不知她自己如何，起碼我本人就不是典型的日本女性。如果人家把我當傳統日本女子看待的話，那就是很大的誤會了。

我到加拿大去，最大的動機是要遠離日本。然而，一到加拿大，別人心目中的我倒是格式化的日本女子了。讓別人知道我到底是什麼樣的人，非得會說流利的英語不可。否則的話，在英語國家社會，說不好英語的外國移民只好接受別人對你的格式化看法。日本女子？該是乖乖的吧？

其實，當時在多倫多，也有不少像我一樣從日本逃出來的年輕女性。她們多數人和我一樣，首先去多倫多大學的英文進修班上課。那裡白天晚上都有課的。我先結束了八個星期的全日制課程後，繼續上夜班。記得有一位白人男性老師叫巴布什麼的，好像跟一些日本女子有過私人來往，課堂上發現我是日本人，就說：

「啊，又是一個日本難民。」

「對不起，老師，我不是難民。」

「我的意思是說文化難民。難道妳不是嗎？」

叫我覺得噁心透了。加拿大是移民國家，從什麼地方來的移民都有。移民的背景五花八門，卻擁有一個共同點：在故鄉，日子過得不好。在自己的家鄉，如果生活各方面都沒有問題的話，誰也不會移居外國的。戰爭、內亂、經濟困難、個人問題等等，原因會是各色各樣，但是結論都一樣：寧願放棄一切，也要出國尋找新的生活。我這一代的日本女性單獨移居國外，則大體是個人原因所致。英文補習班的白人老師公然叫我「文化難民」，只能說是高高在上、自以為是，在理解和同情的外表下，意圖剝削，實際上是變相的種族歧視，真是惡劣。

我過去學中文，在很大程度上是通過交朋友學到的。在加拿大補習英文，倒是很大程度上，從跟當地主流人士的對抗中磨練出來的。讀碩士班，英文能力不夠；見白人心理師，得不到共鳴；找印度心理師，文化差異大；上夜間英語班，遭受種族歧視。原來，說不好主流社會的語言，對自我認同有如此大、如此負面的影響。我一時不知道自己到底是什麼樣的人了。我離開日本，本來要恢復真正的自己。未料，自我是由語言構成的；沒有堅定的語言基礎，自我都不會鞏固。自己心目中的自己和別人眼裡的自己，達不到一致。

一九九〇年春天，去加拿大東京銀行上班，我是想試試看，做個在加拿大社會裡受到尊重的主流移民社區之一分子。然而，從東京派來的主管說不好英語，第二把手的主流加拿大人為高薪而壓住心中的歧視，其屬下的工作人員不能把心中的不滿告上去，只好全向我吐出來。他們看不慣職場上的一切，包括我在內。但那不是我的錯。有一、兩次，加拿大同事向我罵出對主管、對職場結構的不滿來；我都忍不住回罵，因而發覺自己的英語有所進步了。

那年秋天，我去報名懷爾遜理工學院新聞系，可以說，在外國環境裡，終於回到了自己的本行。但在入學典禮上，系主任說的一句話，叫我深刻煩惱。他說：

「能不能寫出好文章，取決於你對英文運作的掌握程度。」

乍聽之下，說得很中肯吧。可是，對我這樣的外國移民而言，英文是第二、第三語言，恐怕永遠都不可能把它掌握得跟當地出身，以英文為母語的同學們一樣好。儘管如此，跟新聞系師生們在一起，讓我到了加拿大以後第一次覺得有點自如；他們跟我好像屬於同一類。雖然彼此的差距也大，但還是有同行的感覺。

懷爾遜當年是一所大專，除了專業以外，學生還要上文學、外語、經濟學等通識班的科目。我在文學、經濟學等科目上，得到的成績不錯。反之，在專業方面，明顯有弱勢，因為我對加拿大社會，例如歷史上的政治事件、冰球等當地流行的運動、在娛樂界當紅的人物、小學中學課本的內容等等，知道得很少，結果理解當地新聞始終不容易，更何況寫出報導文章。在新聞系上課，一方面，我的英文日趨進步，另一方面，我也開始明白：如果在加拿大新聞界或在鄰近領域裡如公關、廣告界工作，我最大的強勢即將不外是我的日本背景。畢竟，沒有一個加拿大同學在日文程度上能比得過我。然後，有一天，我在課堂上聽著廣播學老師講話，忽而發覺，剛剛老師說的一句話，從頭到尾，包括每個詞、每個詞組，我全都聽懂了。這還是來加拿大以後的第一次。屈指數一數，果然是我來加拿大以後，兩年九個月過去了。

用英文講未竟事務

我在加拿大的第三個諮商心理師，是多倫多大學心理學系的教授。他是匈牙利布達佩斯出身的猶太人，在納粹集中營失去了好幾個親戚。當年，一九八〇年代末到九〇年代初的多倫多，有不少納粹集中營倖存者在當地學術界以及社會福利部門工作。我放棄政治學碩士班以後，按照自己的興趣去找英文書看。結果，心理學方面的書看得不少。我慢慢得知，我們的心病，一般都是過去尤其是孩提的不幸事件所造成的。但是，不幸的記憶，往往在無意之間被壓抑，連本人都忘記，所以需要通過心理療法挖掘出來，以便去面對而克服。那就是英文所謂的「unfinished business」（未竟事務）。

我在多倫多的日子不好過，究竟是為什麼？因為語言能力差嗎？抑或因為受種族歧視嗎？還是由於找不到出路嗎？或者因為小時候沒能得到母愛嗎？我並不是一開始就很清楚的。到後來也不一定很清楚。只是，當時心情差勁至感到生命危險，非得應付不可，那確實是不能迴避的現實。教授聽我長期情緒低沉，開門見山地問我：

「妳小時候，跟父母的關係怎麼樣？」

被那麼一問，我已開始忍不住抽噎了。

我在遠離故鄉的加拿大，幾年來受著各種委屈過日子，說到底，就是因為我在日本從來沒有過溫暖的家。關於父母、哥哥和自己的故事，我在心裡用日語講了很久很久。二十歲以前，已經滿肚子苦水，不吐不快了。記得二十歲生日那晚，我平生第一次在外頭跟朋友一起過。彼此說乾杯，喝下了幾口酒，淚水就開始溢出眼眶。可是，當我說出心底話，馬上遭到抗拒，因為大家聽不慣別人說母親的不是。二十二歲去中國留學，講中文過日子，雖然在很多方面都比在日本自由，但是中國人的孝順觀念，即使在文化大革命以後，還是比日本人強，結果又不能吐露出來心底壓抑的一堆話。去找心理學教授的時候，我已經二十八、九歲了。在離家遙遠的加拿大，終於有機會講心底話了。說不定，在某一個層面上，我就是為了這個目的，才去了遙遠的北國。

小時候的感受，要用母語說出來，尤其指出母親的不是來，一定會在心底受到干涉。畢竟，母語是跟母親學的；要是背叛她，心中就會痛苦、流血。也就是說，追溯到孩提的「未竟事務」不僅難找到人願意傾聽，自己亦難說出口。即使在英文國家加拿大，若向一般朋友說出來的話，人家還是會說：

「去找專業諮詢吧。」

這是因為在加拿大，人們把生活中的公私領域分得很清楚：白天上班是「公共領域（public sphere），傍晚去喝酒是「個人領域」（personal sphere），回家脫下了衣服以後是「私人領域」（private sphere）。跟一般朋友的來往屬於「個人領域」，如果拿出小時候跟母親的關係來說，搞不好像當眾脫下衣服一樣不合適、不禮貌。英文熟語「dirty laundry」（髒衣物）就是指不宜外揚的家醜。當加拿大人說「去找專業諮詢吧」，其實是勸你不要外揚髒衣物。

諮商心理師的辦公室，外框屬於「公共領域」，裡頭要幫人解決「私人領域」的問題。話是這麼說，實際上，並不是所有的心理師都願意插手「私人領域」的。有人怕談話太長；大學診所的心理師就要省略談私事的過程而直接下結論。也有心理師不喜歡碰人家的「髒衣服」；印度女士給我的印象似是要保持距離。相比之下，心理學教授則可以說是很有經驗的老手，願意花時間慢慢檢查我的「未竟事務」。結果，我去見他的次數最多，每星期一次，前後兩年裡共有一百次了。每次付六十塊加幣，對當時的我而言是很多錢。但人家說：

「如果妳覺得這件事重要，當然得付出代價來。」

是這樣子嗎？因為花費大，我心裡始終有所擔憂。如果付不起房租了，怎麼辦？不過，當時我已經非常清楚：解決追溯到孩提的心中糾葛，是無比重要的人生任務。

結果，每個星期跟心理學專家單獨談話一個小時，還是很有用的。一方面，我終於能夠說出來：小時候常常一個人在家，感到多麼寂寞；被母親和哥哥聯手挖苦，我感到多麼無奈；當我功課好，母親就說將來嫁不出去，我覺得多麼為難；十多歲的時候，每個月痛經非常嚴重，但是母親就是不帶我去醫院，還說她沒把我生成這個樣子，叫我感到絕望；國中三年級，我把自己的頭髮拔掉了一大把，同學都指出來，母親卻一直裝沒看見，隻字不提，叫我覺得生不如死。

心理學家問我：

「妳覺得妳父親愛妳嗎？」

「父親可能愛我，但是沒有表現出來。」

「妳覺得妳母親愛妳嗎？」

「我覺得，她不愛我。」

「妳在海外很多年，常收到母親來信嗎？」

「從來沒有。我寫信，都收不到回信。」

「妳要不要在這裡說說看？母親，我要妳愛我。」

「我不能。」

有些事情，用外語表達出來很困難。當時，雖然我在加拿大已經待過一段時間了，可是我的英語詞彙還有很多洞穴。比如說，心理學家要我想起小時候的身心感受，然後假設母親就在眼前而告訴她：

「很痛。」但是，用英語要怎樣措詞才對呢？

「I feel pain?」

「You mean you are hurt? Say it hurts, Mom.」

「It? hurts?」

那究竟是心理諮商，還是英語輔導？不過，有些事情，確實用外語才比較容易說出來。也有些事情，即使用外語都不容易說出來。一個禿頭的外國老男人，我怎能把他當母親說話？但是，如果我眼前真有母親，絕對不能說出來的一些話，我當時當地用英語說出來，多少理開了長年以來心中的糾葛。用外語接受心理諮商，同時要面對語言上的困難和心理上的抗拒。有時候，辛辛苦苦克服語言上的困難，心理上的抗拒就顯得相對不大。好比，打針的時候，或者看牙醫的時候，故意捏著自己的手背而分散疼痛一樣。還有，用外語表達出比較複雜的內容，需要先在腦袋裡的電腦螢幕上打出一段文章來，然後邊推敲，邊從嘴巴說出來。那樣子，本來特別情緒化的內容，就會整理成比較理性化的話語，令我本人好受一點。

總之，週復一週，我都去看心理學專家，講一個小時的話，付六十塊加幣後回家。同時，我也繼續看心理學專書，尤其是有關兒童虐待的著作。瑞士籍猶太裔精神科醫生愛麗絲・米勒的成名之作《The Drama of the Gifted Child》（幸福童年的祕密），好像在寫我的童年時代似的。於是手不釋卷，越看越過癮，不知不覺之間，我英文閱讀能力都提高了。就那樣，過了兩年，我的情緒比較穩定，我的英文也比較流利了。很多年以後，我看語言學有關第二語言習得的論文而得知：在人的大腦裡，母語即第一語言，和外語即第二語言，收藏在不同的記憶庫裡。我用英語接受心理諮商的結果，好像把小時候痛苦的回憶，無意間，從母語記憶庫搬到外語記憶庫去了。果然，我後來不大受孩提記憶的煎熬了。我開始走出母語的牢獄，似是彼時彼地發生的事情。

回想起來很遺憾的是，我跟心理學教授，最後是不歡而散的。有一天，我向新聞系同學提到了面談中發生的事情，她就告訴我道：

「聽起來像犯罪。」

於是，我去找第四個心理師，請她幫我釐清情況。她說的一句話，給我留下了深刻的印象：

「恐怕妳在混亂的家庭中長大的緣故吧，對混亂的接受力太強了。普通人如果陷入這麼個狀況，不可能保持冷靜的。」

那畢竟是多倫多大學教授、諮商心理師的犯罪。我在同學的協助下，告發了教授。最後，法官認為證據不夠，然而檢察官卻對我說得非常清楚：

「妳的話聽起來就屬實。」（Your story rings true.）

我逃離日本去加拿大，那樣地熬過了人生最長的兩年九個月。我接受為期不短的心理諮商，意外地當上了刑事犯罪的原告。在法庭上，跟當地社會有地位的人抗爭，絕不是我自願的，但是，我對自己的信心因而提高了很多。「人窮多見鬼」是旅居紐約的華人記者教我的中文成語。我在加拿大開始的幾年裡，確實見到了很多鬼。

然後，時間忽然開始迅速地走了。首先，我投給當地主流英文報紙《多倫多星報》的文章被登出來，而且編輯來電勸我多寫。具有紀念意義的那一篇就是我寫孩提時代的〈只要妳是男孩〉。果然通過漫長的心理諮商後，本來我滿肚子的日語牢騷，變成了英語文章。在重男輕女的東方家庭，小女孩受委屈，導致她長大後移居加拿大的故事，也許投合了西方人的口味吧。總之，局外者理解比當事者接受容易。在當地大報上有文章刊載，別人就發現我原來是個作家。於是，有人帶我去《The Idler》（閒人）雜誌的辦公室，總編輯一見面就約我寫東方新移民在加拿大的生活感受。不久就在該份雜誌封底登出文章來，別人開始記住我的名字了。

多倫多的人口才兩百多萬，出版界、文學圈都不太大，我很快就通過幾個編輯介紹，認識了一大堆作家、詩人、畫家、攝影師等等。我的東方面孔、日本腔調，這回倒被視為與眾不同的個性了。大家對亞洲人多多少少有歧視，可是對我卻說：「You are the cream of the crop.」（你是莊稼中的奶油＝精華），叫人覺得哭笑不得。雖不至於從灰姑娘變成王子的舞伴，但我的身價畢竟提高了。開心是開心，但在熱鬧的派對場合，我還是覺得很孤獨、無處容身。英文有個詞叫「small talk」，指的是無特別內容的閒談。學英語學到能寫文章了，我仍舊覺得派對上閒談不容易。如今我教外語，知道無論用什麼語言，閒談的難度算是最高的；當年的我在派對上覺得無處容身，只能說是理所當然。

從東方移民翻身為作家

不管在什麼地方，人際關係都很重要。經朋友介紹，當地一家出版社來電，要我替加拿大航空公司編機艙雜誌的日文版。那是定期的工作，報酬可觀，我當然接下了。原來，我的英文能力被證明，連日文作品價碼都提高。幾乎同時，曾經發表過中國遊記的香港雜誌也重新聯繫上，替我開了定期的專欄。那些差事的報酬加起來，我就能夠一個人在多倫多生活得夠舒服了。於是從之前寄宿的朋友家閣樓搬出來，在中心區，離懷爾遜理工學院不遠的教堂街，租了老公寓中的一個單位。但是，工作越來越多，逐漸抽不出上課的時間來，最後辦了退學手續。儘管如此，念懷爾遜理工學院新聞系，是我在加拿大，從一個什麼都不是的東方移民、別人眼裡的「文化難民」翻身為作家，一個絕不可缺少的環節。教堂街一帶以同志文化出名，對女性獨居比較安全。可惜，老公寓發生火警，我只好再一次搬家了。

我在多倫多總共待了六年半，後面三年住在靠近唐人街的聖帕特里克街，經常跟當地文化界、中國藝文界以及日本移民社區的朋友們來往。當時的日常生活是用英文、日文、中文三種語言進行的。

看到朋友的臉，使用什麼語言就自動決定。天天跟不同的朋友講不同的語言過日子，我發覺，關於同一個話題，不同的語言圈具有不同的態度。或者，關於某一個話題，日本朋友們講得很多，中國朋友們則興趣不大，講英語的主流加拿大人恐怕連聽都沒有聽過等等。

我自己始終是同一個人，只有一個身體，只有一個腦袋，只有一顆心，只有一張嘴巴，可是講著三種語言，不小心就會呈現出三重人格來。那是很恐怖的。在加拿大的電視節目裡，經常有關於多重人格症的報導，據說往往是小時候受的性虐待所引起的。

該怎麼辦？於是我開始努力統一自己的人格了。具體來說，在腦袋裡，老開著日中英三種語言的辭典；說一句話，寫一句話，都先用三種語言去試一試。然後，無論用哪一種語言都能夠堂堂正正說的話，我才讓自己說出去；至於換用別的語言就不能說、不好說、不可以說的內容，我就不讓自己說了。這麼做的結果是，當大家為某一件事情談笑風生的時候，我一個人有可能保持沉默不開口，因為若說出來，就要出賣自己人格的其他部分了。為了守住跟自己的承諾，有時候，我連點頭都不願意點，而要歪著頭搪塞過去。至於日本式的曖昧微笑，我都斷然放棄了。也許別人會覺得有點奇怪，可是對我個人而言，保持統一的人格，絕不讓其分裂才是至關重要的。

我對語言和文化的關係越來越敏感。我發現無論是哪種語言，至少一半是陳腔濫調。多數人說話，只是在重複別人說的話而已。（多年以後，我看語言學研究，竟有論者說：陳腔濫調的比率高達七成。）畢竟，人類使用語言的目的之一，就是產生共鳴、聯絡感情，派對上的閒談可說是最好的例子。所以，用陳腔濫調來聯絡感情，也不能說不好。甚至可以說，各地不同的陳腔濫調就是當地的主流文化；能夠在派對上自如地閒談，才算真正學會了當地的語言和文化。問題在於：對一個寫作者而言，光是重複陳腔濫調的話，就沒有存在意義了，除非說出真正屬於自己的，完全新鮮的話語，否則怎敢伸手要三種貨幣的稿費？

人生始終充滿著驚喜。我在三語環境下，努力保持統一人格，未料收到了幾方面意想不到的回報。首先，任何事情都得先在腦子裡用三種語言說一遍，使我的外文能力保持在高水準。其次，任何事情都先在腦子裡用三種語言說三次，使我的思考變得更精密。其三，專門說出自己真正相信的事情，使我的人格變得更穩定，由別人看來則更可信。第四，我長期進行獨立思考的訓練，自然而然地抵達了離母親控制的世界很遠的境地。有一天，回到東京見家人，我覺得頗疏遠。他們以為我跟原先一樣，但是實際上，我的內在於幾年之內幾乎全翻新，變成了另一個人。人格是記憶的綜合，記憶則主要由語言構成。所以，習得了一門外語，人格也自然地變化了。

語言跟一般學問不一樣，它會成為我們的一部分。所以，無論後來搬去香港住，還是回到東京定居，我過的都是三語人的日子。在每天的生活中，即使說出來的只有日語而已，但是在我腦海裡，沒有一天不用英語也沒有一天不用中文的。三語人的生活樂趣很多，包括飲食、度假、閱讀、娛樂等等各方面，選擇就多很多。

不過，更重要的是，有了三種語言，就跟有三個眼睛一樣，世界變得立體起來，看問題自然會有深度，也永遠不會忘記在這個世界裡，除了我們以外，還有你們和他們。如今，我還是跟小時候一樣，天天在腦子裡胡思亂想過日子。不過，語言種類多，感覺猶如成功地溜進了父親的衣櫃門外鑲的細長鏡片裡。怎麼可能？就是我學外語，走出母語桎梏所致。

第七章

母親的孩子　孩子的母親

那天，我一個人坐在床邊，
心裡舉行一場儀式，送走了我心中的母親。
花大約十五分鐘，我跟心中的母親永別，

我在中國大陸留學兩年，然後去加拿大待了六年半，跟著到香港住三年半，加起來十二年以後，終於回到了故鄉日本。曾經二十二歲的姑娘，轉眼之間已經是三十五歲的大女人了。我回國是因為跟日本人結了婚，而公公婆婆為我們買了間公寓當新居。要不然，我們真有可能去台灣或別的地方生活了。

新居位於東京西郊，離我父母家坐中央線慢車大約四十分鐘的地方。一個人在海外漂泊的日子裡，我曾考慮過，應該通過什麼渠道回日本才可行呢？也許別人覺得奇怪吧，回家鄉怎麼需要有什麼渠道？但是，我在海外遭到厄運，寫信告訴母親；誰料到，平時從不回信的她偏偏那一次打來越洋電話跟我說得特別清楚：

「妳別回來啊，好不好？一個女孩子家在日本，絕不會好過的。」

當時，我可是一個刑事案件的原告呢。她自己又沒在海外住過，怎麼知道人在海外，日子就會比較好過？

恐怕在她人格中，一輩子都藏有喜歡惡作劇，一有機會就要欺負別人而從中取樂的小鬼。也有可能，趁我不在，她就編出有個女兒在海外，日子過得怎樣怎樣好的長篇故事來講給周圍人聽了，於是若我忽然間以落水狗的模樣回國，會叫作為編導的她陷入尷尬的場面都說不定。總之，既然母親不歡迎我回娘家，那麼要回日本，我得另外找個地方住了。這麼一來，到底回東京好呢？還是去別的地方好呢？有一段時間，我還認真研究過，在海外拿學位回日本，到遠離東京的山陰地區，例如以砂丘著名的鳥取縣、或者出雲神社的所在地島根縣等，找找在小規模女子大學教書的職位，成不成？

後來，事實證明：母親一方面警告我千萬不要回來，另一方面還是拿我當話柄向別人吹牛。果然，有一個女兒在國外，對她來說是講給朋友的好話題。我違背母親的囑咐回日本，在父母家見到了她幾個朋友，驚訝地發覺，他們對我的私事，尤其是倒楣的遭遇，個個都瞭如指掌。我給母親寫信，她不給我回信，卻打電話告訴我不要回來；同時，把女兒的不幸經驗，向外人仔細地傳播出去。我這個人太天真了，還以為母親把我說成是成功故事的女主角。實際上，恰恰相反：

她把我當作肥皂劇、家庭倫理劇的倒楣配角。

百般惡作劇的母親

當我告訴父母，要回日本結婚定居的時候，母親的反應也非常獨特。那一段時間裡，我經常從當時的居住地香港飛回東京住未婚夫家。母親發覺以後，就非要些小動作不可。比方說，我一個美國同學寫信寄到父母家去。母親看寄信人的名字，知道那是男的，就自行拆開信封，把裡面的信件直接傳真到我未婚夫家了。

那種小動作，我們結婚以後都不曾停止。比如說，我去父母家，說到第二天大弟夫婦要來我們家吃飯。母親就不能不做點惡作劇了。果然，第二天，當我們正開飯吃壽喜燒的時候，她故意不預告，叫無辜的父親開車送些東西來，令我慌忙一陣子，也令父親尷尬一番。又例如，母親打電話過來說，剛收到了北海道產的生猛干貝，馬上轉寄過去。我們好期待地等待，誰料到第二天收到的是常溫寄來的公務信封，匆忙打開，從裡面滾出來的干貝，當然全都早死的了。也有一次，她沒有預告，直接寄幾公斤的冷凍螃蟹來。當時我沒在家，老公收到後，非得把冷凍庫中的全部內容騰出，再將螃蟹放進冰箱裡，而把本來在冰箱中的蔬菜、水果、飲料、調味料等全都拿到陽台上去安置。還有，她給親家母寄個錢包當禮物，但那一看就不是商店售貨員專業包裝的商品，而是把自己用過的舊貨匆匆放入信封裡郵寄的。結果，生氣的婆婆打電話來向我埋怨。

母親的惡作劇，也許是她人格裡的小鬼覺得好玩吧，只是太常流露出明顯的惡意來，而惡意是害人的。最嚴重的一次，是我過生日那天，她寄來了一封掛號信。打開一看，裡面有人壽保險的契約書，是我死了以後繼承人可以收到一筆錢。世上有這樣的生日禮物嗎？尤其是母親送給女兒的？我向母親提出過抗議，那種惡作劇太沒有意思了，但只能起鼓勵她的作用。父親去世以後，我們該收到的遺產，她都馬上換成我們名義的人壽保險了；也就是說，我們自己有生之年都碰不得那筆錢。當我皺起眉頭，母親就笑嘻嘻地說道：

「妳可以馬上解約啊，只是能收到的錢要打七折罷了。」

我小時候以為，自己是家裡的黑羊，所以母親對我特別毒辣。後來卻慢慢發覺，她其實對我的兄弟妹妹，或者對別人，也好不到哪裡去。連對我父親，即她口中的「達令」有生之年，她也經常故意刁難。例如，有一次，他們要參加旅遊團去西班牙幾天。在旅行社的簡章上，父親看到了阿蘭胡埃斯的地名說：

「這就是〈阿蘭胡埃斯協奏曲〉的阿蘭胡埃斯吧？」

那是父親非常喜歡的一首吉他曲。但是，母親當場就一口否定道：

「我們怎麼能去那裡啊？」

意思是說，一定要選擇不包括阿蘭胡埃斯的路線。父親陪她陪慣了，不會問為什麼，反而默默地接受判決。但是，父母一輩子才去一次西班牙，又不是沒錢沒時間，怎麼偏偏要排除父親希望的目的地呢？實在沒有合理的解釋。

關於母親，至今最大的謎，就是除了我以外，其他四個兄弟妹妹以及父親、甚至小阿姨，似乎都看不出她的惡意。今天的精神醫學對各種人格障礙有明確的定義。母親的所作所為，好像符合戲劇化人格異常的症狀。但是，在她身邊花了最多時間的父親、哥哥、妹妹等，都從沒質疑過她在精神上的健康問題。既然如此，我一個人遠離她就是了。於是去了中國、加拿大、香港，總共十二年的自我放逐，直到要結婚才回國。

跟心中的母親永別

剛從國外回來就發覺身孕的那段時間，我內心的掙扎最嚴重。一方面，我覺得趁機斷絕跟母親的來往也未必不行；另一方面，我想為將出生的孩子保持正常的親戚關係。我自己可以不要母親，但是自行奪取孩子的姥姥，好像不太妥當吧。非常奇怪的是，我結婚前後，不停地要把戲的母親，一聽到我懷孕，就變得安安靜靜，根本沒有消息了。九個月的懷孕期間，朋友、親戚們會送來孕婦裝或嬰兒裝等禮物，但偏偏新生兒的外祖母沒有消息。這使我心中對她僅存的希望，都差不多消滅了。當我倒楣的時候，她不能幫我、安慰我，反而拿我當話柄跟朋友們娛樂一番，我都接受了，因為我認為她是個怯懦的人。但是，當我有喜的時候，她也不能一起慶祝，這麼一來我就沒有理由跟她繼續交往下去了。

然後，預產期的一個月前吧，母親終於打電話過來說：

「妳在哪裡生孩子？」

「在醫院啊。」

「出院以後呢？」

「就回家。」

「哪個家？」

「我的家。」

「只要妳別考慮到這裡來就好。我是要上班的。」

那天，我一個人坐在床邊，心裡舉行一場儀式，送走了我心中的母親。花大約十五分鐘，我跟心中的母親永別，以防她再來搗亂我的小家庭。從那天起，愛耍把戲的老太太，我只當作某一個遠房親戚。心中的距離大了，受到的影響反而會小。

一個月以後，我老大出生。聽說，母親接到老公的電話，馬上反問道：

「親家什麼時候到東京？」

「要搭早晨第一班的新幹線，大概九點半就到了。」

果然，母親絕不認輸，九點整就抵達婦產科醫院，抱著新生兒迎接了親家。而且她還對他說：

「恭喜少爺誕生。」

那是主動扮演著家長制下受壓迫的小女人，非得把女兒的孩子說成是親家少爺。不過，在場的幾個人當中，只有我一個能讀出來她在腦袋裡攤開的劇本。公公、老公似乎都沒有注意到，她在可憐巴巴地演出抽抽搭搭哭泣的樣子。

孩子是我存在的目的

跟老公兩個人照顧新生兒，可以說是我這半輩子裡最辛苦的差事。天天二十四個小時，都要注意他的呼吸、臉色、體溫，真是沒有一刻能歇下來。儘管如此，全身心靈為他著想，花心思、花精神、花體力照顧以後，做母親的對新生兒的感情自然會特別深了。日語說「肚子痛著生下的孩子」，但實際上，痛不痛並不是關鍵，「花心思、花精神、花體力」才是祕密的所在。跟在工作上，對於花很長時間準備的項目，自然產生深情，是同一個道理。

我從小被母親扣上「撒謊者」的帽子。正如她動不動就說，大弟很「自私」，妹妹「沒辦法」，小弟「正經八百」一樣，「撒謊者」好比是我在家裡的外號，跟到底有沒有撒謊，撒了什麼謊，壓根兒都沒有關係。這使小時候的我搞不清楚自己有沒有撒謊。因為我明明沒有撒謊的時候，母親都說我是「撒謊者」，而且哥哥就趕忙點頭表示同意。於是在學校，當幾個同學們以莫須有的罪給班導罰跪的時候，我在心裡好擔心，是否自己無意之間撒了什麼謊而牽累了眾同學們？

然而，當我三十六歲生老大，開始二十四個小時值班之後，有一天，我忽而發覺，這個孩子就是我的證人了。我每天陪他二十四個小時，完全沒有隱瞞任何罪行的可能。那麼，無論母親和哥哥怎麼說，我的清白，是這個小孩子可以證實的。換句話說，我活到三十六歲，終於有了一個完全可以信任的人。

後來，帶孩子的生活雖然不容易，有時候很艱苦，但是我始終覺得，孩子給我的回報總是多於我給他的。有什麼回報？最大的無非是，有了孩子以後，再也不必為人生的目的而煩惱了。記得一個人在香港生活的時候，我腦子裡有揮之不去的疑問：

「我到底在這兒幹什麼呢？」

涉及到存在意義的疑問，可以說是人類才有的哲學問題。但是，多折磨人啊。有了孩子以後，我存在的意義就再清楚不過了：

「為了把這個孩子養大。」

常聽到有人說：小時候沒能得到母愛，所以長大以後不敢帶孩子。我作為當事人之一，完全可以理解那樣的心理邏輯。只是，我自己在國外接受多年的心理諮商，心中的問題能整理得差不多了。因為諮商是用英語進行的，所以在我腦海中，有關的記憶藏在跟平時的生活隔開的地方。明明知道在哪裡，但不必常拿出來折磨自己。幸虧，在我後來帶孩子們的日子裡，過一天就一天能證明我個人在本質上的善良。即使說不上什麼真善美也沒有關係，只要基本上善良就夠好了。我在人生道路上做過的種種選擇中，最正確的一個，就是生育孩子。

偶爾有人問我：怎樣原諒了母親？我的答案是：不可以原諒的事情是可以不原諒的。知道不必原諒了以後，記憶反而會開始慢慢淡化。如果能順利地忘記，那樣也不壞，因為小時候不幸的記憶，成為精神創傷而長期詛咒我們，才是問題的所在。很多很多並不重要的事情，我們天天無意間忘記。曾經那麼大的問題，久而久之，變成微不足道的小事，亦算是「時間藥」的效果。

另外，人格是記憶的綜合。走過了什麼樣的人生道路，所以就是什麼樣的人。然而，即使經驗了同樣的事情，不同的人會有不同的記憶。既然如此，稍微調整一下記憶，人格也會馬上不一樣了。我並不主張故意修正記憶，反而覺得最好以新的經驗來更替舊的記憶。比如說，我對小時候的運動會，記憶本是百分之百黑暗的，因為身體肥胖，跑步總是最後一名，而且母親叫我帶的便當沒有同學們的那麼好看、好吃，反之常漏汁弄髒書包。誰料到，有了孩子以後，作為家長去參觀的運動會，給我留下的記憶，幾乎百分之百是明亮的。原來，刷新記憶如此容易。

我估計，歷史上，沒能擁有美好孩提的人不在少數。然而，人類還是一直發展下來了，因為生育下一代是快樂的經驗，而且會刷新對過去的記憶。

心理學家問我：

「妳覺得妳父親愛妳嗎？」

「父親可能愛我，但沒有表現出來。」

「妳覺得妳母親愛妳嗎？」

「我覺得，她不愛我。」

「妳在海外很多年，常收到母親來信嗎？」

「從來沒有。我寫信都收不到回信。」

「妳要不要在這裡說說看？母親，我要妳愛我。」

「我不能。」

第八章

白雪公主的繼母

美麗與有魅力是兩回事。
人始終是內在和外在的綜合，
不僅女人如此而且男人也是如此。
對自己的內在有了點信心，
逛百貨公司不再可怕了。

在格林童話《白雪公主》中，惡毒的皇后經常問魔鏡道：

「世界上最美麗的女人是誰？」

她不能允許世界上有比她美麗的女人，於是要謀殺越長越漂亮的繼女白雪公主。據說，在格林兄弟寫的原版中，皇后是白雪公主的生母，為了叫中產階級親子容易接受，後來才改為繼母的。總之，兩人之間有母女關係，而問魔鏡時皇后提到的「世界」，其實就是她們的家庭。

我母親活像童話裡的皇后。當我三十五歲結婚擺酒席的時候，她穿上的長禮服，比她叫同一個裁縫替我做的婚紗搶眼。果然，進場的來賓，一個又一個稍微尷尬地因狀況迫使而說：

「真不知哪個是新娘。」

引來了母親心滿意足的微笑。

母親嫉妒女兒，到底是多普遍的現象？即使並不少見，但一般該是下意識裡的運作吧。

親戚家誕生了一個女兒，不知為何，那母親餵她的東西跟餵她哥哥的不一樣；不是餵得少，而是餵得多。記得女娃娃大約滿一歲的時候，吃的斷奶食品竟然是便利商店賣的豆沙麵包，一包裡有好幾個，吃完一個再給一個。不出意料之外，女娃越長越胖，而肥胖的孩子在學校裡，幾乎無例外地被罵為「肥豬」。一個女孩子家被這樣辱罵了，會傷透心的。做母親的怎能耐得住？那母親沒有《白雪公主》的繼母般惡毒，很替女兒傷心，甚至當女兒不願意上學之際，母親的眉毛全掉了，該是心痛所致。然而，一個人的體型是小時候定型的，把豆沙包當斷奶食品給餵了，就一輩子要過胖子的生涯。可能不是故意的吧。但因為不是故意的，所以更難指出問題的所在。

漂亮的母親與不起眼的女兒

漂亮的母親由不起眼的女兒伺候的例子，到處可見。東京郊區青梅市曾有家關東煮店叫瀨音，就是高齡漂亮的奶奶使喚著素淨的女兒經營的。我去的時候，老闆娘差不多該八十歲了，還穿著充滿女人味的絲綢和服，化妝化得又很細心，該是天天在妝檯前花不少時間的。從事服務業的，把自己打扮起來，都算是工作的一部分，老太太花稍一點也沒什麼不妥當，何況不少日本男人愛光顧上了年紀的媽媽桑開的店。只是，大約五十歲的她女兒，穿著廉價T恤和牛仔褲，花白的短髮加上素顏地站在母親旁邊當助手的樣子，簡直像媽媽桑的男僕。

我家附近的托兒所，有個八十多歲的老所長，頭髮染得黑油油，化妝化得很濃豔，而且跟小女孩、大女孩一起學習呼拉舞，每當在社區活動的舞台上演出之際，都穿上花布做的連衣裙。在托兒所當她助理的兒媳婦，樣子就跟瀨音關東煮店的女兒差不多。她們家三代同堂，那兒媳婦一邊在托兒所工作，一邊當家庭主婦養育兩男一女三個孩子。令人詫異的是托兒所所長的孫女，從小肥胖，剪短的頭髮和穿著都跟男孩子一般。可以說，和她母親差不多，但是和明星似的奶奶比較起來，相差太大到讓人不舒服的地步。

我母親五十五歲以後，沒有一天不化妝的。該是自己發覺到容貌衰退後才做的決定。差不多同一時段裡，父母在經濟方面有餘裕了；母親開始訂做長到地板的西式禮服，常帶去跟父親坐周遊觀光船。父母家餐廳四周的牆上，掛起一個又一個兩老穿著禮服在船上給攝影師拍的照片。

至今快三十年，母親成了寡婦，穿禮服的機會少了，可是還把頭髮染成金黃色，化妝也夠濃。每週末、假期都陪她的我妹妹，已經四十好幾，卻從來不化妝的。她向來留長髮，工作日都穿著套裝上班，但是換成了便裝後，則跟瀨音媽媽桑的女兒、托兒所的所長助理一樣，是永遠的T恤和牛仔褲。我跟妹妹說過：

「化點妝吧，都什麼年歲了？」

「我不用把自己弄得漂亮。」

「不是漂亮不漂亮的問題，妳這樣子，臉色不好看，叫人擔心身體健康不健康呢。」

瀨音的媽媽桑也好，托兒所的所長也好，我母親也好，都知道怎樣把自己打扮成漂亮的樣子；但偏偏不給身邊的女兒、媳婦、孫女傳授如何打扮，說不定還下意識地禁止，叫人懷疑，是否非把「全世界最美麗的女人」位置為自己確保不可？

我過了五十歲以後，逛百貨公司才不大緊張了。

以前，很長很長時間，我都怕售貨員和其他顧客的視線，因為我對自己的外貌很自卑，怕別人會笑我以這樣的容貌、身材還敢來買衣服。那全歸咎於小時候常被母親、哥哥挖苦說：

「看她那雙細細的眼睛、毛孔大如草莓的紅鼻子，嘴唇更是往外翹得直像豬！」

果然，看小時候的照片，我都盡量睜大眼睛，使勁噘嘴，把自己弄得很累。至於身材，小學低年級就被班導倉田老師勸去寄宿學校住，以便改善飲食習慣，順利減肥。

身體肥胖的結果，除了運動能力很差以外，就是合身的衣服很少，跟時裝沾不上邊。我六、七歲時就被母親說清楚了：

「胖女沒有權利逛百貨公司。」

而她那咒語困住了我四十餘年。

哥哥長得像母親，從小是媽寶。他小學三年級就穿上了母親買來的女裝象牙色高跟靴，有點像當年搖滾分子愛用的所謂「倫敦靴」。上了國中，他又在立領制服下面穿上了母親買來的女裝U字領貼身毛衣，是把短袖黑色毛衣套在長袖白色襯衫上的，也許是仿效女性化的男歌星澤田研二吧。不管怎樣，學校的老師們、同學們，理應都要以斜眼看他了。媽寶上了高中，就開始交女朋友。那個長頭髮、橢圓臉的女孩子，被母親取的外號叫「間延」，日中辭典說是「呆頭呆腦」的意思。媽寶高中畢業後去上了半年的職業訓練學校，這回交上了大六歲的女朋友。她也留著長頭髮，但是劉海後面戴上大眼鏡，叫人看不清楚真面目。哥哥和那位神祕的女朋友，當初可以說是苗條好看的一對，常常開著母親買單的保時捷跑車兜風。奇怪的是，六年後結婚的時候，不僅嫂子挺著大肚子，連哥哥也不久就開始發福；兩個人後來的體重，跟當初相比，各自多了五成吧。再說，他們生下的一男一女也成長為日本少見的大胖子兄妹。

記得父親在醫院斷氣以後，我們幾個人一塊兒去通宵營業的家庭餐廳吃飯。凌晨一、兩點鐘時，哥哥理所當然似的替當時在讀大學的女兒點了巨大的冰淇淋聖代。我心中很驚訝，但也覺得，這樣子當然會越來越胖了。當時，嫂嫂已經被父母禁止出入婆家門了，所以幾天後舉辦葬禮的時候，她都不敢直接上門來，反而在家門外磨磨蹭蹭，叫母親背後罵道：

「那樣子會讓人懷疑是爸爸在外邊養的女人，不是嗎？」

直木賞得主姬野薰子寫的《謎樣的毒親》是一本奇書。她長大的過程，其家庭環境之彆扭，在直木賞作品《昭和之犬》裡都有描寫。而在《謎樣的毒親》裡，作者進一步以「人生相談」（生活顧問）的方式，對於孩提時期感到的一系列謎，向一群賢人徵求意見。她的父親在二戰結束後，被關押在蘇聯時代的西伯利亞收容所，幾年以後回到日本，性格變得怪僻。

對小薰子不利的是，她母親似有情感障礙，把幼小的女兒託給美國籍牧師撫養。終於大家能集合在一起生活的時候，父親、母親、女兒之間，信任與溝通完全崩潰，反而出現了荒謬小說一般，脫離常識的生活。可憐的孩子不知道自己的家庭多麼奇怪、不正常，只好等待高中畢業、上大學之際，趁機遠離父母家。姬野寫道，母親就是不允許女兒戴胸罩，所以獨立生活以後，她最感到高興的是能夠自由購買胸罩，自由把它洗乾淨，自由把它曬乾。其實都是再正常不過的事情。她母親為什麼不允許女兒戴胸罩呢？不可能有合理的理由，所以才是謎，所以才是毒。

在《謎樣的毒親》裡披露的生活片段，實在太奇怪了，結果很少有書評討論它。但是，日本的核心家庭往往是封閉的空間，裡面會發生外人根本意想不到的種種怪事。個中一個機制是母親向孩子詛咒，用語言以及不正常的觀念來控制孩子的思想和行為。我母親常說「看妳這雙細細的眼睛、有如草莓的紅鼻子、往外翹得直像豬的嘴唇，長大以後肯定沒人要了」，也起了很多年的詛咒作用。正如姬野離開父母家，才能夠過正常、自由的生活一樣，我也有必要遠離父母家，方能看清楚鏡子裡的自己到底長得是什麼模樣。

外人眼裡出西施

日本心理學泰斗河合隼雄說：性愛有點像母愛，所以小時候沒得到母愛的人，往往年紀輕輕就開始有性生活。我生來膽子小，行動上不積極，但是在情感上，早早就渴望被心愛的異性肯定。然而，從小受的詛咒很牢固，我非常害怕被人拒絕而印證母親預言的正確性。在外頭，晚上喝著酒，跟別人談及私事，年輕時候的我就很容易激動起來，眼淚直流到不可收拾的地步。結果，那股強烈的情緒嚇壞對方，導致了黑暗預言自行實現的惡性循環。很多很多年以後，我才想通，「長大以後肯定沒人要」是罵人的話，其實跟美不美沒有直接的關係。再說，孩子的長相絕不會是自己的責任，要麼是遺傳所致，或者是環境造成，都歸咎於父母。更何況母親也常說，我的眼睛、鼻子、嘴巴都活像父親。

中文有句俗話說：情人眼裡出西施。好像亦可說：外人眼裡出西施。我被母親和哥哥嘲笑了很多年的一雙細眼睛，未料在西方人看來，就是標準的「杏仁眼」，乃充滿著東方味道的。異國情調簡直像魔術，連我那「往外翹得直像豬」的嘴唇，都有人說「很性感」。再說，有些事情，本來就是相對的。比如說，我在日本挑衣服，永遠要買大號、特大號的。然而，到了中國北方或者北美洲，我就可以穿上當地的小號，真叫人大開眼界。還有，我二十四公分半的大腳，從小被母親說成「傻瓜大腳、笨蛋小腳」的，竟然會有外國人感嘆說：「多麼小、多麼可愛的一雙腳。」叫我自己也愣了。我當年很樂意在中國北方以及北美洲生活，其中一個原因就是不必老感到自己笨重。

最重要的是：外貌不是一切。學會了中文、英文以後，我發現，最引起別人注意的，其實是我說話的內容。日本有句俗語說：美女看了三天就看膩，醜女看了三天就看慣。這句話顯然是偏激的，因為每個人都有外貌和內在，而每個人都是外貌和內在的綜合。惡毒的皇后老是問：

「世界上最美麗的女人是誰？」

她不知道，美麗與有魅力是兩回事。人始終是內在和外在的綜合，不僅女人如此而且男人也是如此。對自己的內在有了點信心，逛百貨公司不再可怕了。如今冷靜地觀察伊勢丹、高島屋的顧客們，我的感覺有點像詛咒終於解除，或者說從長時間的惡夢中醒過來了：原先聽說獨占著百貨公司的美女們，到底都去哪兒了？

中文是我的慈祥養母

日語是我的母語，中文則是第二語言。過去二十多年，能夠以中文寫作為業，我充滿感激。

學第二語言的人很多，在如今的世界，不學英語的人該算絕對少數吧。即使在英語國家如美國、英國、加拿大、澳大利亞，英語也是很多人的第二語言。在日本，曾經中學一年級開始學英語，現在為趕上全球化潮流，小學就要開始學了。

我是學了中文以後，才體會到全世界很多人其實是講兩、三種語言過日子的。無論在中國大陸、台灣、香港、澳門，還是在新加坡、馬來西亞，講中文、華語的人，很多都過著雙語、三語生活，因為他們的母語是當地的或者祖先出身地的方言。台語、粵語、潮語、客語、海南語等等，跟普通話之間的距離，好比是歐洲各國語言之間那麼遠。我印象深刻的是廣東省順德市的國際旅行社前台工作的小姐。她跟我講普通話的同時，跟同事則講當地順德話，接起電話來又講該省共通語廣東話。到了歐洲，多語人士也相當常見。例如，我在匈牙利首都布達佩斯住的民宿，年輕老闆娘就會說：匈牙利語、俄語、英語、法語、德語、義大利語，以及希伯來語。啊，人家原來是猶太人。果然，語言能力之高，一方面是整體智力的表現，另一方面卻是弱勢族群的烙印。果然，全世界只有川普等美國主流派白人，才不必學什麼第二語言的。

一九九〇年代，剛開始以中文寫作為業的時候，我還是拿筆在原稿紙上爬格子，用傳真機交稿的。發傳真要付電話費，而且當年網路電話還沒有普及的情況下，到外地、外國出差，就得把匆匆寫完的稿件用飯店前台的傳真機慢慢發過去，但電話費加上手續費以後，往往就超過了稿費。於是，講到紐約格拉梅西公園酒店，至今我首先想起來的，永遠是在前台邊站著等待一張張原稿紙成功地刷過去時的強烈焦慮。畢竟，傳真一張紙，費用竟達二十塊美金！記得千禧年前後，台灣人的英文集體自稱從「We Chinese」變成了「We Taiwanese」。差不多同一時期，我則開始用電腦打字了，否則我用手寫的「幸田露伴」被台灣報紙的排字員看錯為「幸田露体」，怎麼行啊？這下我就能夠把筆記型蘋果電腦和飯店內牆下邊的電話插座用實體電線連接起來，然後啟動電腦上的傳真軟體，把打好的稿件傳到對方的傳真機去了。不久之後，我都是上網，從此一切稿件全用電郵發過去了。幸虧，進入了網絡時代以後，通訊費就下降到幾乎等於零。老實說，如果沒有這些年的科技以及通訊環境的進步，我以中文寫作為業過日子，恐怕根本是不可能的。

一九九七年七月，剛從香港搬回東京的時候，我唯一的定期差事是香港《蘋果日報》上一週七天的小專欄「地球人」，而那也在第二年夏天之前就結束了。我接著開始跟台灣媒體和出版界打交道，在有工作來往的幾十名編輯當中，見過面的寥寥無幾，大概連兩成都不到吧。對此，我感到很幸運，因為當時正開始在家裡帶孩子，不必出去，能夠在網路上完成全部工作，對我這個新手媽媽來說是再方便不過的安排。

二〇〇〇年代的台灣，網路社群很活躍。我在報紙上發表的專欄文章，常有人在網路上討論，對寫作者而言是無比大的鼓勵。台灣各世代之人對日本都很有興趣，常有讀者看了我寫的文章以後，來東京訪問我在文中介紹的地方，如景點、食肆。這樣子，雖然我跟讀者沒有直接見面，但是現實中的互動倒是成立的。我從小喜歡寫文章，小一、小二得到了班導倉田照子老師的鼓勵，可是在家裡卻甚少得到讚揚，反之常被挖苦，甚至以臭美之罪名挨罵。台灣讀者給我的鼓勵，彌補了我從小缺少的關懷。日語是我的母語，中文好比是我的養母，而且是特別慈祥的養母。

我喜歡用中文寫作，最大的原因是有很多良好的讀者。文學作品包括散文，都跟新聞報導和學術論文不一樣。文學屬於藝術，乃老天管轄的領域，始終有超乎人類控制的部分。不像優秀的學者、記者對自己寫的內容有百分之百的掌握，文學作家往往不知道自己在寫什麼。村上春樹在《鴟梟於黃昏起飛》一書裡，接受晚輩小說家川上未映子的訪問；當川上提到村上某部作品中的細節，他果然往往都想不起來。我看著覺得非常有趣，因為沒有一個學者會忘記自己在論文裡寫過的一句話，若有記者想不起自己的文章來了，絕對會心急甚至慌亂。然而，村上卻泰然自若；因為對他來說，寫作過程才最重要，寫完擱筆，就已經過去了。換句話說，文學創作涉及到不僅是讀者而且是作者的下意識，因而才會起療癒作用的。

我當然不能拿自己來跟村上春樹那麼個大作家相提並論。不過，我寫作中常常發呆，寫完後則呈健忘症狀，倒是事實。尤其當我用中文寫作的時候，感覺猶如一個字又一個字地寫詩歌一樣，非常舒服，逍遙自得，就是不大自覺自己到底在做什麼。所以，網路上看到讀者對我文章的評論或者感想的時候，啟發真的非常大，常幫我打開眼界。有讀者寫道：「新井寫的散文像日本文學中的私小說，該可稱為私散文」，我覺得很有趣。也有讀者寫道：「新井筆下的東京，好比是當地人寫的遊記」，我都覺得非常不錯。且容我開個玩笑吧，至今我最喜歡的讀者評語是，大陸讀者對我旅遊書寫的這一句：「沒有蘇珊・桑塔格的深奧」。實在沒想到會有人竟然拿我跟大思想家桑塔格相提並論！

小時候，沒能在家得到的關懷，幸虧，我長大後由中文讀者那裡得到了。尤其對台灣讀者，我始終在心裡深處感覺共鳴。也許跟過去一再被殖民的歷史有關吧，寶島居民的集體心理上似有喪父的悲哀。日治時期的小說家吳濁流和創作歌手羅大佑，都把台灣比喻為「亞細亞的孤兒」。我曾觀看虞戡平導演把白先勇代表作搬上銀幕的《孽子》而覺得，這與其說是同志的故事，倒不如說是一群孤兒的故事。後來，以台北為背景，把孤兒心態和同性戀連接起來探討的作品，蔡明亮導演的《河流》該可稱為極點吧。後來，台灣社會對同性戀的容納度相當高，也有可能跟孤兒心態有一點關係。

回想起來，我小時候的偶像都是孤女。安徒生筆下的賣火柴少女，或是阿爾卑斯山上的少女海蒂、加拿大愛德華王子島的紅髮安妮、倫敦寄宿學校閣樓裡的小公主……比比皆是。我這半輩子，簡直是自行逃離母語的桎梏，往廣大世界啟航，未料處處遇到暴風雨，最後寄宿於中文這個避風港，總算找到安身之地了。日語是我母語，那麼中文是我養母，而且是特別慈祥的養母。她給了我維生之道，叫我跟中文讀者在精神上交流，也在下意識裡溝通。比起我曾在加拿大接受為期幾年的心理諮商，後來幾十年的中文書寫，則可稱為我一輩子的養生之道。

延伸閱讀：走再遠，終究要回家

《心井・新井：東京1998私小說（新版）》

為了逃避陰影而開始寫，我總有一天要寫那陰影本身。

新井一二三，第一本在台灣出版的中文作品《心井・新井》。

新鮮的中文文風，驚豔四座，為什麼一個日本人竟能夠運用中文文體自成一格，味道十足。

她在書中誠實面對自我的人生探詢，寫摩登姥姥的自由，母親的攻擊陰影，東京家鄉的味道，自己的生日情結……成長物語寫出真切情感引起廣大共鳴。

而為了逃離母親與母語的束縛，海外遊走十二年，最後回到東京再看自己與日本，那些在生命裡交錯而過的女人男人，敲冰箱門的富家女心靈之傷，完全不會說一句日文第三代日裔加拿大女孩，面容憔悴而說自己幸福的老同學……每個人的故事都像一部小說，也包括自己。

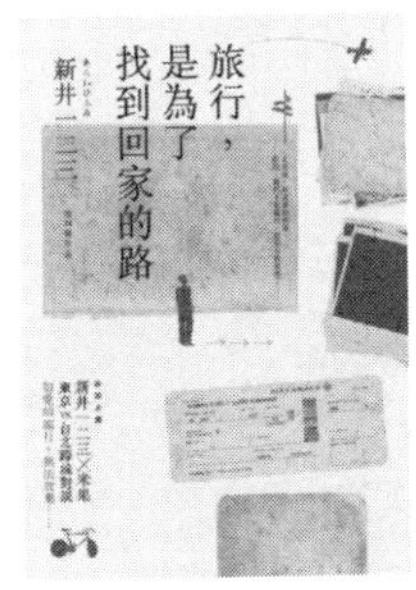

《旅行，是為了找到回家的路》

特別企劃 新井一二三 X 米果對談
東京 VS. 台北跨城對談→如愛的旅行，無法放棄……

走再遠，終究要回到家，
否則，我們不是旅行，而是自我放逐了……
新井一二三說，人生最重要的一些事情，
都是在一個人旅行的路途上學到的。
本來，世界只是東京都新宿區的小巷；
過一條大久保通的小馬路，就是大冒險。
二十歲的夏天，站在北京火車站，一班通往莫斯科的列車，
可以到柏林、巴黎、羅馬、倫敦、阿姆斯特丹……
世界越來越大，越來越寬廣。
這是一場尋找世界入口的成年禮，為了進入世界，人必須離開家，
旅行磨練的真諦不在於去了哪裡，而在於找到自己人生的一條路。
新井一二三學習在旅途上丟掉自己的孤獨與眼淚，

延伸閱讀：新井的青春歲月

《123成人式》

那十五歲少女，有許多的不明白和大困惑，愛情和友情是內心虛榮的甜蜜痛苦。

那十八歲女孩，立志向前進，單獨旅行探索未知，放膽追求知識與感情。

那二十四歲女子，心靈滿是創傷，輕輕一碰痛楚而軟弱，不斷逃離遠走異地，只為了要尋找失落的自我。

那三十四歲女人，生平第一次的一見鍾情，人生最重要的轉折點竟療癒了青春期的傷口。

那四十歲母親，溢出的乳汁覺醒性格裡的恐懼與不安，愛是勇氣，是自由而堅定的旅程。

《東京的女兒》

她是東京的女兒，生在澀谷紅十字產院，
重考補習班在代代木，大學就讀早稻田。
她是東京的女兒，在新宿喝酒被別人喚作「新宿郎女」，
和男友翹課到謙倉海邊，永遠無法在青山時髦地帶約會。
遊走世界異地的她，最終回到了東京，
在那兒成家、生子，雖然算不上老將戶，不過當人問她是誰？
她一定驕傲的回答：我是東京的女兒。
按著東京的地圖，讀出新井的青春歲月，咀嚼成長的酸甜苦辣。

延伸閱讀：咀嚼東京味

《偏愛東京味》

我偏愛的一切，以東京為中心，再漸次蔓延開來。
走過了世界各個角落，我最偏愛的，還是東京的味道。

它們是爸爸的壽司，奇才教授送的美酒，銀座的PAULISTA咖啡館；是春日的落花生，夏日的鰻魚，秋日的甜柿，冬日的芋燒酌；也是春天的櫻花，夏天的志摩半島，秋天的祭典，冬末的天滿宮紅梅……

在東京，我可以從任教的明治大學散步到隔壁的一橋大學，看小水池裡的大自然。可以搭上JR中央本線，從新宿站出發，往長野的上諏訪溫泉去。

我也可以將東京人當作新景點，從他們之間發掘樂趣：
年輕女孩們穿著大方給人看的內衣；
30世代青年成了非婚世代與心病世代；
家庭主婦的舞台，從家中廚房延伸到金魚缸式的烹飪教室……

《歡迎來到東京食堂》

歡迎來到東京食堂 いらっしゃいませ（歡迎光臨）
逛魚店，走市場，發現日常的一餐飯，卻有不日常的人情故事，
受衝擊，得啟發，每一道酸甜苦辣原來都藏了一些說法，
愛上食譜，愛上遠走他鄉，愛上回到家的餐桌上，
點點滴滴留在記憶的味道，在我的東京食堂又重新活了過來……
在新井一二三的東京食堂，她透過自己做菜，迷上食譜，
關東關西料理細細研究，日式法式中式菜色時時變換，
小時候變成透明人的夢想原來已經實現，
於是，新井一二三敞開大門，說，歡迎來到我的東京食堂……
ごちそうさま～～（謝謝款待）

延伸閱讀：你無法想像的東京故事

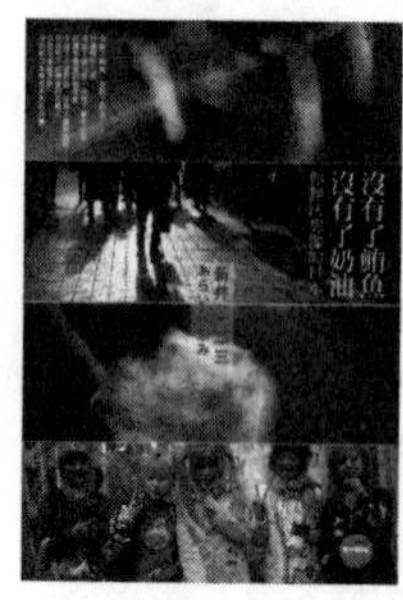

《沒有了鮪魚，沒有了奶油：你無法想像的日本》

沒有了鮪魚，沒有了奶油……還有秋刀魚；
沒有了御宅族，沒有了夢中企業……還有最愛的咖哩飯；
沒有了小室哲哉，沒有了貴族首相……但還有不談戀愛的年輕人。
你是否曾經想過，現在的日本就是未來的台灣？
在日本，小室哲哉曾經是排名第四大有錢人，後來卻像乞丐一樣到處騙錢，九百萬人的大阪城，搞笑藝人成為政治領袖，讓人傻眼相對還是拍手稱奇？
與台灣時差一個小時的日本，是我們的朋友，也是我們的鏡子，透過新井一二三的在地感受，讓我們擁抱日本，也讓我們更心繫生活的這塊土地。

《東京故事311》

最危機的狀態，卻發展前所未有的生活藝術；
最不安的黑夜，卻點燃熱力，等待黎明。

311之前

夏天溫度創下日本十年歷史新高；
中國的GDP第一次超越日本，成為世界第二經濟大國；
三十五歲的日本男性，有一半說：因為收入不高，無法成家；
沖繩人覺得被自己的國家歧視了！

311之後

許多人開始明白停電的日子；
超市沒有人搶購，大家保持秩序，首相說，我佩服你們的冷靜……運動會親情潮，每個家長感慨萬千。
當全世界都說，佩服日本人的冷靜與秩序，
崩壞的島嶼，正在緩慢重建中，保持日常生活，保持尊嚴。

延伸閱讀：走進文學祕密花園

《我和中文談戀愛》

哈臺族導演 與 愛中文作家
北村豐晴 X 新井一二三 精采對談
兩位同是學習中文的日本人，一位成為用中文書寫的作家，
一位成為在臺灣落地生根的導演。

戀愛的本質在於：在對方的存在裡發現美。
放眼望世界上所有的文字，只有中文特別亮眼，
如果這種感覺不是戀愛，那什麼才是戀愛？
相戀35年了，新井一二三還似初戀般地激動，
她說：「中文真的太美，太好聽！」
華文世界的讀者常不禁問：「新井一二三真的是日本人嗎？她真的是用中文創作嗎？」
這是她的第26號作品，也是她與中文戀愛35年的證據……

東京
男女
新井一二三解開創作者的祕密花園
東京
閱讀男女
あらい ひふみ

《東京閱讀男女》

一百個小說家就有一百個故事……
我們迷上一個作家，我們閱讀深愛作家的作品，
我們竟活得越來越像自己喜愛的作家了……

誰也無法理解，別人心底的情感缺口。
只要有一本小說，故事中的一句話，
一個情節，說出了我們想說的……
我們就不會寂寞了。
愛養美男子的女作家岡本加乃子，
大膽挑戰文豪谷崎潤一郎的山田詠美，
不管原諒母親或是被母親原諒的佐野洋子，
世界級作家村上春樹，風起雲湧的台日文學……
新井一二三以創作者角度閱讀創作者，
每個人的真實人生竟比小說還要精采，離奇……

延伸閱讀：東京女兒眼中的故鄉

《我這一代東京人》

老東京人記憶裡的東京，
是風鈴、煤炭爐、蚊香、榻榻米，
是1964年東京奧運會前ALWAYS幸福的清貧生活。
我記憶裡的東京，
是在春天的東京灣淺灘挖蛤蜊，在夏天的神田川畔抓鰻魚，
是在上野公園百年木造音樂廳裡，聆聽來自過去的樂音……
這些美好的昨日景像，
至今仍在我這一代東京人眼前，
栩栩如生演出著……

《東京迷上車：從橙色中央線出發》

有一本書，我想為你寫，是關於東京的。
也許，你已經來過東京一次。
跟著旅行團走了台場、淺草、迪士尼樂園。
也許，你已經來過東京很多次。
自己逛銀座、六本木、神田神保町。
也許，你還沒來過東京。
無論如何，你不可能知道東京的全貌；因為這座城市實在很大。

東京就像一個巨大的「迷宮」，馬路沒有一條是直的，反而像蜘蛛網似的，蜿蜒卻互相連接，讓人容易失去方向感。但是居住在這座「迷宮」的人都有張個人化的地圖，總是在自己的地圖裡面生活著。在中央線出生，至今依然住在沿線的新井一二三，當然也有個人的地圖。

延伸閱讀：曖昧的日文魅力

《和新井一二三一起讀日文：你所不知道的日本名詞故事》

日本名詞，躲著味道。玉子，春雨，蕎麥，牡丹肉……
可愛優雅的外表下，是樸實的味覺。日本名詞，收納異國情調。

漢字中夾雜著平假名與片假名，
留下了想像空間，形成獨特美感。
曖昧又美麗的語感，即是日文的魅力。
暫別中文的世界，新井一二三回到自己的母語裡悠遊，
新井一二三的快活，在字裡行間不時俏皮輕鬆的呈現。
她說：歡迎你參加新井一二三日文旅行團。
現在，我們就往日文的知識和感官世界出發啦！

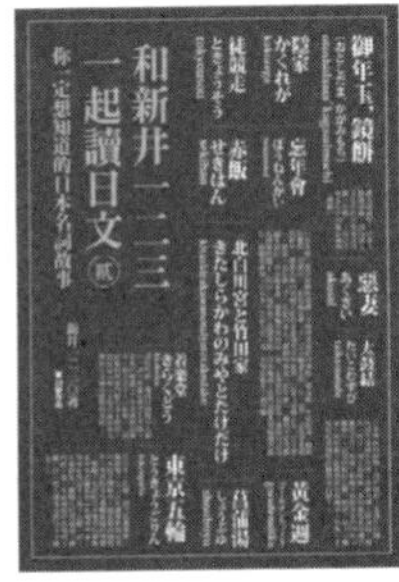

《和新井一二三一起讀日文【貳】：你一定想知道的日本名詞故事》

很多留學生，日文學者，可以說流利日語，對日本文化也知無不曉，但對日文的生活細節卻不熟悉，所以誤用，偏差用，用錯地方。很多日本名詞漢字，台灣卻原原本本拿來用，其實不同風俗，就有不同的習慣；不同的使用哲學，背後的文化滿滿都是一個一個精采故事。語言是大海，是宇宙，新井一二三在中文大海航行多年，後來真正發現最熟悉的還是日本的語言，由她來說日本的語言故事特別耐人尋味。我們讀新井一二三的日本名詞故事，就是讀到日本人的心坎裡，很多解不開的關鍵，原來只有生活過才知道。

國家圖書館出版品預行編目資料

媽媽其實是皇后的毒蘋果？新井一二三逃出母語的陰影／新井一二三著 ——初版——臺北市：大田，2018.02

面；公分 . ——（美麗田；159）

ISBN 978-986-179-514-0（平裝）

861.67　　106022040

美麗田 159

媽媽其實是皇后的毒蘋果？

新井一二三逃出母語的陰影

新井一二三◎著

出版者：大田出版有限公司
台北市 10445 中山北路二段 26 巷 2 號 2 樓
E-mail：titan3@ms22.hinet.net　http：//www.titan3.com.tw
編輯部專線：(02) 2562-1383　傳真：(02) 2581-8761
【如果您對本書或本出版公司有任何意見，歡迎來電】
行政院新聞局版台業字第 397 號

總編輯：莊培園
副總編輯：蔡鳳儀　執行編輯：陳顗如
行銷企劃：古家瑄／董芸
內頁美術設計：賴維明
校對：黃薇霓／金文蕙
法律顧問：陳思成
初刷：2018 年 02 月 01 日　定價：280 元
國際書碼：978-986-179-514-0　CIP：861.67/106022040

總經銷：知己圖書股份有限公司
106 台北市大安區辛亥路一段 30 號 9 樓
TEL：02-23672044 ／ 23672047　FAX：02-23635741
407 台中市西屯區工業 30 路 1 號 1 樓
TEL：04-23595819　FAX：04-23595493
E-mail：service@morningstar.com.tw
網路書店：http://www.morningstar.com.tw
讀者專線：04-23595819 # 230
郵政劃撥：15060393（知己圖書股份有限公司）
印刷：上好印刷股份有限公司

From：

地址：

廣告回信
台北郵局登記證
台北廣字第01764號

平　信

To：台北市 10445 中山區中山北路二段 26 巷 2 號 2 樓

大田出版有限公司 ／**編輯部　收**

電話：（02）25621383　傳真：（02）25818761

E-mail：titan3@ms22.hinet.net

意想不到的驚喜小禮等著你！

只要在回函卡背面留下正確的姓名、
E-mail和聯絡地址，並寄回大田出版社，
就有機會得到意想不到的驚喜小禮！
得獎名單每雙月10日，
將公布於大田出版粉絲專頁、
「編輯病」部落格，
請密切注意！

編輯病部落格

大田出版

大田出版 讀者回函

姓　　名：________________________________

性　　別：□男 □女

生　　日：西元________年________月________日

聯絡電話：________________________________

E-mail：________________________________

聯絡地址：________________________________

____

教育程度：□國小 □國中 □高中職 □五專 □大專院校 □大學 □碩士 □博士

職　　業：□學生 □軍公教 □服務業 □金融業 □傳播業 □製造業

□自由業 □農漁牧 □家管□退休 □業務 □ SOHO 族

□其他 ________________________________

本書書名：0701159 媽媽其實是皇后的毒蘋果？

你從哪裡得知本書消息？

□實體書店 ____________ □網路書店 ____________ □大田 FB 粉絲專頁

□大田電子報 或編輯病部落格 □朋友推薦 □雜誌 □報紙 □喜歡的作家推薦

當初是被本書的什麼部分吸引？

□價格便宜 □內容 □喜歡本書作者 □贈品 □包裝 □設計 □文案

□其他 ________________________________

閱讀嗜好或興趣

□文學 / 小說 □社科 / 史哲 □健康 / 醫療 □科普 □自然 □寵物 □旅遊

□生活 / 娛樂 □心理 / 勵志 □宗教 / 命理 □設計 / 生活雜藝 □財經 / 商管

□語言 / 學習 □親子 / 童書 □圖文 / 插畫 □兩性 / 情慾

□其他 ________________________________

請寫下對本書的建議：

※ 填寫本回函，代表您接受大田出版不定期提供您出版相關資訊，
大田出版編輯部 感謝您！